कामिनी कुसुम

Published By

Redgrab books Pvt. Ltd.
942, Mutthiganj, Prayagraj, 211003
www.redgrabbooks.com
contact@redgrabbooks.com

Price in india : 200/- INR

First published by Redgrab Books in 2022
Copyright © 2022 Redgrab Books Pvt. Ltd.

Copyright Text © 2022 Kamini Kusum
Printed and bound in India
Cover Design & Typesetting by Redgrab Books team

ISBN : 978-93-95697-08-8

समर्पित

मेरे माता-पिता को समर्पित

"I believe in being strong when everything seems to be going wrong."

-Audrey Hepburn

"मैं खुद को मजबूत बनाने में विश्वास रखती हूँ, जब सब कुछ गलत हो रहा हो।"

- ऑड्रे हेपबर्न

अनुक्रम

अध्याय 1

नव्या ने शीशे के दरवाजे को धीमे से धक्का दिया और ऑफिस के अंदर आ गई। आज काफी दिनों बाद वह अपने प्रकाशक से मिलने आई थी। पता नहीं साहनी जी क्या बात करना चाहते थे। हर बार की तरह उसने अपने अगले उपन्यास की पांडुलिपि मेल कर दी थी पर इस बार तो साहनी जी ने उसे ऑफिस ही बुला लिया था।

नव्या ने देखा कि अमित साहनी अपनी गद्देदार कुर्सी पर बैठे एक बेस्टसेलिंग लेखक से कुछ बातें कर रहे थे। साहनी ने उसे देख लिया था लेकिन तब भी नजरअंदाज कर दिया। नव्या पास ही रखी एक कुर्सी पर बैठ गई और प्रकाशक की व्यस्तता खत्म होने का इंतजार करने लगी। बैठे-बैठे नव्या सोचने लगी कि दो उपन्यास लिखने के बाद भी उसकी कोई कद्र नहीं है और दूसरी ओर उस लेखक को इतना सम्मान मिल रहा है।

कुछ देर बाद साहनी की व्यस्तता खत्म हुई और नव्या उनके पास आ गई।

नव्या सामने रखी कुर्सी खींचकर बैठ गई। "अमित जी, मेरी मैनुस्क्रिप्ट पढ़ी अपने?"

"पढ़ी थी, तभी तो आपको बुलाया है।"

नव्या उनकी ओर गौर से देखती रही। आखिर क्या बात करना चाहते थे?

तभी साहनी ने आगे कहा, "देखिए नव्या, अब इस तरह का सीधा-सपाट रोमांटिक उपन्यास हम नहीं छापेंगे।" उन्होंने दो टूक कहा।

"पर बात क्या है साहनी जी? पिछले दो उपन्यास तो आपने छापे थे; अब क्या बात हो गई?" नव्या परेशान सी उनकी ओर देखती रही और समझने की कोशिश करने लगी कि आखिर बात क्या है?

"इस तरह का रोमांस छापकर कोई फायदा नहीं हो रहा हमारा। ऐसी कहानियों की तो बाढ़ आ गई है जैसे बाजार में। ऐसा लगता है कि पढ़ने वालों से ज्यादा लिखने वाले हो गए हैं।" साहनी थोड़ा रुके और फिर आगे कहा, "हाँ, अगर आप कुछ अलग लिखें तो हम सोच सकते हैं।"

"क्या अलग? मैं समझी नहीं।" नव्या थोड़ी उधेड़बुन में पड़ गई। "क्या आप मुझे किसी अलग विधा में लिखने को कह रहे है जैसे फंतासी, हॉरर या कुछ और?"

"नहीं, बिल्कुल नहीं!" साहनी ने थोड़ा रहस्यमयी अंदाज में कहा। "आप

रोमांस अच्छा लिखती हैं। बस इसे ही थोड़ा और निखारना है।"

तभी प्रकाशन की चीफ एडिटर तारा भी केबिन में आ गई।

"हाय नव्या, कैसी हो?" तारा ने मुस्कुराते हुए पूछा और कुर्सी पर बैठ गई।

"मैं बिल्कुल ठीक हूँ तारा। आप कैसी हैं?"

"ऑल गुड डियर।"

"तारा, मैं नव्या को ये समझा रहा था कि रोमांस में अब वाकई क्या बिकता है।" अमित ने तारा की ओर देखते हुए कहा।

"आप किस तरह का उपन्यास चाहते हैं मैं लिखूँ?" नव्या ने पूछा।

"कुछ तड़कता-भड़कता, मसालेदार, कामुकता से सुसज्जित रोमांस! कहने का मतलब है कामुक उपन्यास। लव और लस्ट का संतुलित मिश्रण जिसे आप शब्दों में पिरोकर एक शानदार उपन्यास बनाएँगी।" साहनी ने एकदम से जवाब दिया। "देखिए आपको पता है, मैं अपने लेखकों से खुल के बात करता हूँ। इसलिए जो बिकता है हम वही छापेंगे।"

"कामुक उपन्यास?" नव्या थोड़ी सोच में पड़ गई। वैसे साहनी जी जो उम्र में उससे काफी बड़े थे और प्रकाशन की दुनिया में काफी तजुर्बेदार भी, बेबाकी से अपनी बातें रखते थे। काफी बड़ा प्रकाशन समूह चलाते थे और समय के साथ बदलते हुए उन्होंने आजकल के युवाओं के हिसाब से भी किताबें छापनी शुरू कर दी थीं।

"जी, ऐसी कहानी जो पाठकों के अंदर प्रेमाग्नि प्रज्वलित कर दे, सोई हुई चाहतों को जिंदा कर दे, धमनियों में स्पंदन पैदा कर दे और साथ ही पाठकों को आखिरी पन्ने तक जोड़े रखे।" साहनी एक सुर में बोलते चले गए।

नव्या उन्हें एक टक ताक रही थी। उसकी निगाहें तारा पर पड़ीं तो तारा ने हौले से सिर हिलाकर साहनी की बातों का समर्थन किया।

साहनी ने आगे कहा, "कहानी की केंद्रीय पात्र अगर स्त्री हो तो अच्छा है। कहानी में ट्विस्ट या सस्पेंस हो तो अति उत्तम। कामुकता और सस्पेंस एक जबरदस्त कॉम्बो है!" फिर तारा की ओर देखते हुए उन्होंने कहा, "तारा, तुम्हें कुछ कहना है इस पर?"

"मैं बिल्कुल सहमत हूँ आपसे।" तारा ने जोर देते हुए कहा। "अंग्रेजी में इतने सारे कामुक उपन्यास हैं। 'फिफ्टी शेड्स ऑफ ग्रे' ने तो पूरी दुनिया में धमाल मचा दिया। कई भाषाओं में अनुवादित हुई और हमारे यहाँ भी काफी लोगों ने इसे पढ़ा। हम अपनी भाषा में कुछ ऐसा क्यों नहीं लिख सकते? ऐसा जो हमारा ओरिजनल

हो...जिसमें हमारे देसी पात्र हों। कब तक हम अश्लील-अश्लील कह कर हमारे यहाँ के कामुक रोमांस की उपेक्षा करेंगे और फिर किसी फिरंगी लेखक की पुस्तक को खरीदकर बड़े चाव से पढ़ेंगे। ईएल जेम्स और सिल्विया डे की किताबें भारत में खूब पढ़ी जाती हैं। तो फिर हमारे यहाँ के लेखक दौड़ में क्यों पीछे रहें? कामुक रोमांस बिकता है; कल भी बिकता था और आगे भी बिकेगा।"

"वाह तारा, तुमने मेरे मन की बात कह डाली।" साहनी ने कहा। नव्या को भी तारा की बात सही लगी। साहनी ने आगे कहा, "नव्या, मैं आपको इंटरनेट पर पड़ी हुई वो कचरा कहानियाँ लिखने नहीं कह रहा हूँ। कामुकता को अपनी कलम से दर्शाना एक कला है। इसे खूबसूरती से प्यार के रंग में सराबोर करके एक अच्छा सा उपन्यास लिखिए।"

"मैंने कुछ लोगों को कहते हुए सुना है कि बाहर के लेखकों के कामुक उपन्यासों में एक क्लास है। तो क्या हमारे यहाँ के लेखकों की लेखनी में वो क्लास नहीं है? बिल्कुल है, कोशिश तो की जाए।" तारा ने नव्या की ओर देखते हुए कहा।

कुछ कामुक कहानियाँ नव्या ने पढ़ी थीं जो उसे ठीक-ठाक ही लगी थीं लेकिन कहानियों में वो जान नहीं थी। हाँ, अगर अच्छी कहानी भी साथ में हो तो फिर कुछ बात हो। कुछ पलों के लिए नव्या मन ही मन सोचती रही और फिर उसने कहा, "मैं लिखूँगी कामुक उपन्यास।"

"ये हुई न बात!" साहनी ने मेज पर थपकी मारते हुए कहा।

"मुझे घरवालों से छिपाकर लिखना होगा।" नव्या थोड़ी संजीदा हो गई लेकिन उसने लिखने का पक्का मन बना लिया था।

"उन्हें बताइए ही नहीं और छद्म नाम से लिखिए। किसी को पता भी नहीं चलेगा कि लेखक है या लेखिका।" साहनी हँस पड़े।

उनकी इस बात पर नव्या को भी हँसी आ गई। "लेखिका ही रहूँगी लेकिन कुछ और नाम रहेगा। लोगों को पता तो चले कि यह कहानी एक महिला की कलम से निकली है।"

"वो क्या कहते हैं...किंक, फेटिश, बीडीएसएम... जो चाहे लिखिए बस द्विस्ट वाली एक ठोस कहानी हो। आप समझ रही हैं न मैं क्या कह रहा हूँ?"

"जी समझ रही हूँ।" नव्या ने मुस्कुराते हुए कहा। वह जानती थी कि अमित जी को किताबों के अलावा बिजनेस का भी अच्छा सेंस था। कब क्या चलेगा और क्या नहीं, ये उन्हें भली-भाँति पता था। यूँ ही नहीं उन्होंने इतनी बड़ी प्रकाशन कंपनी खड़ी कर दी थी।

"जी, मैं लिखना शुरू करती हूँ। अच्छा, अब मैं चलती हूँ।" नव्या ने विनम्रता से कहा और उठ खड़ी हुई।

* * *

साड़ी का आँचल कमर में खोंसकर नव्या किचन में समोसे बनाने में लग गई। मेड सुनीता ने पहले से ही मैदा तैयार करके रखा था। नव्या ने फिलिंग बनाई और समोसे तैयार करने लगी। समोसे तलकर उसने एक सफेद पोर्सलिन प्लेट पर सलीके से सजा कर रख दिया। साथ में प्याज के लच्छे और दो छोटी कटोरियों में हरी और लाल चटनी भी रख दी। उसकी ननद मानवी को समोसे बहुत पसंद थे। मानवी जो उसकी हमउम्र ही थी अपने बेटे शुभम के साथ गर्मी की छुट्टियाँ बिताने अपने मायके आयी थी.

नव्या ने प्लेट और कटोरियाँ ट्रे पर रखीं और सुनीता की ओर मुड़कर कहा, "सुनीता, कॉफ़ी बन जाये तो सबके लिए ले आओ। और हाँ, अच्छी सी फ्लफ़ी कॉफ़ी बनाना।"

"जी भाभी।" सुनीता ने कहा और कॉफ़ी बीट करने लगी।

नव्या समोसे लेकर बाहर लिविंग रूम में आ गयी।

समोसे देखते ही नव्या का तीन साल का बेटा आरव दौड़ता हुआ अपनी माँ के पास आ गया। उसके पीछे-पीछे मानवी का बेटा भी आ गया।

नव्या ने ट्रे टेबल पर रखा और मानवी के बगल में सोफ़े पर बैठ गई।

"लीजिए गरमा-गरम समोसे खाइए।" नव्या ने अपने सास-ससुर और ननद की ओर देखते हुए कहा। शाम के वक्त सभी लिविंग रूम में बैठ बातें करते और नव्या कोई न कोई अच्छी सी डिश बनाकर सबको सर्व करती। लिखने के अलावा अगर उसे कुछ और पसंद था तो वह कुकिंग ही थी।

बच्चे समोसे उठाकर फिर से खेलने भाग गए।

"नव्या, समोसे काफी अच्छे बने हैं।" मानवी ने समोसे की बाइट लेते हुए कहा।

"ये बात तो है, नव्या खाना अच्छा बनाती है।" मालती देवी ने अपनी बहु की तारीफ करते हुए कहा। मालती देवी वैसे तो गंभीर और सख्त महिला थी लेकिन खड़ूस तो कतई नहीं थी। नव्या को उन्होंने बेटी की तरह ही रखा था।

नव्या अपनी सास की बहुत इज्जत करती थी। जहाँ उसकी शादीशुदा ज़िंदगी में सुखाड़ छाया हुआ था वहाँ कम से कम सास तो उसे स्नेह देती ही थी। नव्या को हमेशा एक उम्मीद लगी रहती कि विवान फिर से उससे मोहब्बत करें और उसकी

ज़िंदगी वैसे ही खुशनुमा हो जाए जैसे शादी के शुरुआती दो साल तक रही थी।

इतने में सुनीता सबके लिए कॉफी ले आई और मेज पर रख दिया।

कॉफी पी लेने के बाद भुवन उठे और अपनी पत्नी मालती से कहा, "मैं रेस्टोरेंट हो कर आता हूँ। देख लूँ कि मैनेजर की गैरहाजिरी में बाकी स्टाफ सही से काम कर रहे हैं या नहीं।"

"मैंने हमारे मैनेजर मोहन को फोन किया था; शायद वो कल भी न आए।" मालती ने बताया। "वैसे मैंने रेस्टोरेंट फोन करके बाकी लोगों से बात कर ली है। आप फिर भी देख आइए, ठीक रहेगा।"

"ठीक है।" भुवन उठकर चले गए।

"विवान का फोन आया था। उसे ग्वालियर में एक दो दिन और लगेंगे।" मालती देवी ने बताया।

यह सुनकर नव्या थोड़ी उदास हो गई। उदास इसलिए कि विवान उसे भी तो फोन करके बता सकते थे। वैसे इन सब छोटी-छोटी बातों को उसने नजरअंदाज करना सीख लिया था। लेकिन कुछ बातें ऐसी थीं कि वह चाह कर भी नजरअंदाज नहीं कर सकती थी। खैर अभी ये सब कुछ सोच कर वह अपना मूड खराब नहीं करना चाहती थी।

"लगता है इस बार विवान भईया ग्वालियर में श्रीलाल स्वीट्स के आउटलेट का उद्घाटन करके ही आएँगे।" मानवी हँस पड़ी।

"इतनी जल्दी तो नहीं पर हाँ कुछ ही समय में हमारा एक भव्य आउटलेट ग्वालियर में भी होगा।" मालती ने गर्व से कहा। "हमारी मिठाइयाँ और हमारे रेस्टोरेंट राज्य के हर शहर में होंगे और फिर हमारे आगे के बिजनेस प्लान भी हैं।"

श्रीलाल स्वीट्स जो विवान के दादाजी के नाम पर थी आज अगर इतनी बड़ी कंपनी बन पाई थी तो यह मालती देवी की वजह से ही संभव हो पाया था। उनके बिजनेस सेंस और रणनीति के कायल सभी थे। नव्या को भी अपनी सास पर खासा नाज़ था।

"भाभी, आपकी राइटिंग कैसी चल रही है? कब आ रही है आपकी नई किताब?" मानवी ने दूसरा समोसा उठाते हुए पूछा।

"लिख रही हूँ पर अभी नई किताब आने में वक्त है।" नव्या ने मुस्कुराते हुए जवाब दिया। वैसे अब जो वह लिखने वाली थी वह एक रहस्य ही रहेगा और उसकी कल्पना मात्र से ही नव्या का मन रोमांचित हो उठा।

वास्तविक ज़िंदगी जब फीकी पड़ी हो तो कल्पनाओं में खोकर कुछ बेहद

रोमांटिक लिखना शायद बोझिल मन का दर्द थोड़ा हल्का कर दे।

***

नव्या डिनर करके अपने बेडरूम में आ गई। आरव ने सारा दिन इतनी उछल-कूद की थी कि पहले ही आकर सो गया था। नव्या कमरे के अटैच्ड बाथरूम से फ्रेश होकर आई और वार्डरोब से अपनी नाइटी निकाली। नाइटी पहनकर वह आदमकद शीशे के सामने खड़ी हो गई। फिर नाइट क्रीम लेकर धीरे–धीरे अपने मुलायम चेहरे और हाथों पर मलने लगी। अपने हाथों का हल्का मसाज उसे अच्छा लग रहा था... काफी रिलैक्स कर रहा था। आज उसका मन थोड़ा चंचल और रूमानी सा हो रहा था। सेक्स की इच्छाएँ बलवती हो रही थीं। काश विवान उसके साथ होते, उससे छेड़छाड़ करते और उसके प्यासे बदन पर चुंबन की झड़ी लगा देते; जैसे पहले कभी किया करते थे। अब तो वो सारा प्यार न जाने कहाँ गुम हो गया था।

नव्या ने गहरी ठंडी सांस ली। पर कामेच्छा की जो लहर उसके शरीर में हिलोरे मार रही थी, उसका क्या करे? आईने में अपने चेहरे को निहारते हुए उसने अपने आप से कहा, "क्या इतनी खामियाँ आ गई हैं मुझमें जो विवान का मन अब मुझमें लगता ही नहीं? लेकिन मैं तो अब भी उनसे बेइंतहा प्यार करती हूँ।" उसने उँगलियों से अपने मखमली गालों को सहलाते हुए फिर से सवाल किया- "कहाँ कमी रह गई मुझमें विवान?"

नव्या को अपने सवालों के जवाब नहीं मिले और फिर सेक्स की इच्छाएँ जो उसके अंदर लश्कारे मार रही थीं, स्वत: ही ठंडी पड़ गईं। और फिर वही एक गहरी ठंडी सांस...

नव्या कुर्सी खींचकर बैठ गई और टेबल पर रखे लैपटॉप को खोल लिया। अपनी बोरिंग और उबाऊ ज़िंदगी से उबरने का उसे एक ही उपाय दिखता – लेखन की दुनिया, जो काफी खूबसूरत थी और अब तो ये हॉट और सुपर एक्साइटिंग भी होने वाली थी। कामुक उपन्यास का सोचकर नव्या मंद-मंद मुस्कुराने लगी। उसने अपना मूड ठीक किया और अपना ध्यान लैपटॉप पर केंद्रित किया।

उसने अपना छद्म नाम सोच लिया था – क्वीन। वह अपने पति के हृदय की क्वीन तो नहीं बन पाई, शायद पाठकों के हृदय पर राज कर सके। सोचकर नव्या मन ही मन मुस्कुरा उठी। नव्या को अपनी लेखनी और मेहनत पर पूरा भरोसा था। कहानी का प्लॉट तो वह कुछ दिनों में तय कर लेगी और एक बार प्लॉट निश्चित हो जाए, फिर तो उसे लिखने में ज्यादा वक्त नहीं लगेगा। पर इन सब बातों से

ज्यादा जरूरी था कुछ कामुक कहानियाँ पढ़ना। देश-विदेश की फिल्मों के कुछ चर्चित अंतरंग दृश्य भी देखने का सोचा उसने। लेकिन इन सबसे ज्यादा जरूरी था कामसूत्र पढ़ना। कामुकता की बातें कामसूत्र से बेहतर और कौन कर सकता है? उसने कई बार कामसूत्र पढ़ने का सोचा था लेकिन किताब खरीद ही नहीं पाई। लेकिन अब वह लैपटॉप पर इ-बुक डाउनलोड करके पढ़ सकती थी। अपनी खुद की शादीशुदा ज़िंदगी में तो रूमानियत कहीं खो सी गई थी। रही बात संभोग की तो बस मिशनरी पोजीशन वाला सेक्स ही था, वह भी विरले ही होता। शादी के शुरुआती दिनों में एडवेंचर वाले मूड में आकर कभी-कभार विवान ने कामसूत्र के कुछ आसन अपनाए थे और उन दोनों को काफी सुखद अनुभूति मिली थी। लेकिन ये उन दिनों की बात थी जब दोनों के बीच प्यार था। अब तो सब कुछ विलुप्त सा हो गया था। सेक्स-लाइफ का सारा रोमांच शून्य हो गया था या यूँ कहें कि सेक्स-लाइफ ही शून्य थी।

नव्या ने गूगल खोला और कुछ खोजबीन में लग गई। वैसे 'सेक्स', 'लस्ट', 'डिज़ायर', ये शब्द हमेशा ही उसमें कौतूहल पैदा करते थे। कहते हैं जो बातें दबी-दबाई रहती हैं या जो खुलकर नहीं बोली जातीं, वो अक्सर लोगों को अपनी ओर आकर्षित करती हैं। कुछ खोजबीन करने के बाद नव्या ने कहानियों के एक पोर्टल से एक कामुक कहानी डाउनलोड किया और पढ़ने लगी। पढ़ते-पढ़ते वह कहानी के उस हिस्से पर आ गई जहाँ नायक और नायिका की चाहतें जवां हो रही थी।

"व्योम ने पाखी के कपड़ों को एक-एक करके निकाल फेंका। दोनों एक दूसरे को बेतहाशा चूमने लगे और फिर पाखी ने व्योम के शर्ट के सारे बटन खोल दिये। उसकी नंगी छाती पर हाथ फेरते हुए पाखी ने उसे प्यार से चूम लिया। व्योम ने पाखी को कमर से पकड़ते हुए उठा लिया और पाखी की लंबी सेक्सी टांगें व्योम के कमर के पीछे कस गईं। पाखी के लबों का रसपान करते हुए व्योम उसे बिस्तर पर ले आया। बिस्तर के किनारे खड़े होकर उसने पाखी के मदमस्त चेहरे पर एक प्यार भरी नजर डाली और अपनी पतलून उतारने लगा। कुछ ही देर में वह पाखी के ऊपर था। पाखी का जवान तन अपने प्रेमी के फौलाद जैसे जिस्म और नरम बिस्तर के बीच सैंडविच सा बन गया था। काम-वासना की अग्नि में तपते दो बदन आपस में गुथे हुए थे।"

नव्या दोनों की प्रेम-क्रीड़ा भाव-विभोर होकर पढ़ रही थी। उसके चेहरे पर रूमानियत और अधरों पर हल्की मुस्कान छा गई। अब इतने इंटेंस रोमांस को पढ़कर किसकी धड़कनें तेज नहीं होंगी? नव्या की नजरें लैपटॉप के स्क्रीन पर जमी हुई थीं।

नायक और नायिका का लव-गेम जारी था और इधर नव्या के शरीर में जैसे आग सी लग गई थी। उसका मन बावरा सा हो उठा और वह एक गहन काम-क्रीड़ा के लिए तड़प उठी। लेकिन बेबस सी नव्या ने अपनी मचलती इच्छाओं को एक बार फिर बड़ी मुश्किल से काबू किया और कहानी आगे पढ़ने लगी। कुछ देर बाद नव्या ने लैपटॉप बंद करके रख दिया और अपने किंग-साइज बिस्तर पर लेट गई।

नव्या की आँखों में नींद कहाँ थी? संभोग की इच्छा फिर से उफान मारने लगी। टांगों के बीच अपनी नमी वह महसूस कर रही थी। पर क्या करे वह? लास्ट टाइम शायद लगभग दो महीने पहले विवान और उसके बीच सेक्स हुआ था। और वह रतिक्रिया कब शुरू हुई और कब खत्म हो गई, उसे पता भी नहीं चला। ऐसा लग रहा था जैसे विवान को जोश में उठ खड़े हुए अपने शेर के लिए एक अंधेरी नम गुफा चाहिए थी जहाँ वह घर्षण कर स्खलित हो सके। वैसे ये कोई नई बात नहीं थी। नव्या के लिए प्यार और ऑर्गेज़्म दोनों ही सपना था।

नव्या ने अपनी आँखें बंद कर लीं। अपने बदन की दहकती लालसाओं को उसने जबरदस्ती एक बार फिर से दबाया और सोने की कोशिश करने लगी।

क्वीन

"ओह बेबी, आय वॉज़ डाइंग टू मीट यू।" विवान ने रायना को कमर से पकड़ते हुए अपनी ओर खींच लिया। "वैसे तो हम इंदौर में भी मिल लेते हैं लेकिन कई दिनों से तुम्हारे साथ क्वालिटी समय बिताना चाहता था। थैंक्स रायना छुट्टी लेकर ग्वालियर आने के लिए।"

"इसमें थैंक्स की क्या बात है? तुम बुलाओ और मैं ना आऊँ, ऐसा हो सकता है क्या?" रायना ने नशीले अंदाज में कहा। "वैसे क्या कहा तुमने घर पर?"

"यही कि अभी दो दिनों का काम और है यहाँ।" इतना कहते ही विवान ने रायना के सुर्ख रसीले अधरों को चूम लिया। "अब अगले दो दिनों तक तुम और मैं होटल के इस कमरे में कैद रहेंगे और बस प्यार करेंगे।"

"वेट, लेट मी मेक ड्रिंक फॉर बोथ ऑफ अस।" कहकर रायना कमरे के मिनी बार के पास आ गई। रायना ने बार खोला और रेड वाइन की बोतल निकाल ली।

"देखो तुम्हारी चॉइस का मैं इतना ख्याल रखता हूँ। ये बेस्ट क्वालिटी की इम्पोर्टेड रेड वाइन मैंने तुम्हारे लिए ही मंगवाई है।" विवान ने उसे प्यार से देखते हुए कहा।

"तुमसे ज्यादा प्यार मुझे कोई और नहीं कर सकता, मुझे विश्वास है। तभी तो मुझे हमेशा तुम्हारा इंतजार रहता है।" रायना वाइन की बोतल लेकर सोफ़े पर आ गई। दो ग्लास में उसने वाइन डाला और एक ग्लास विवान की तरफ बढ़ा दिया। विवान उसकी बगल में आकर बैठ गया।

ड्रिंक लेते हुए, विवान ने थोड़ा भारी मन से कहा, "काश ऐसा होता कि हम दोनों साथ होते, हमेशा के लिए। यूँ छुप-छुप के नहीं मिलना पड़ता।"

"गलती मेरी ही है। काश मैं तुम्हारी बात मानकर भारत में ही अपनी आगे की पढ़ाई कर लेती। लेकिन उस समय लंदन के टॉप मेडिकल कॉलेज से मिले ऐडमिशन लेटर के सामने सब कुछ फ़ीका पड़ गया था। मैं कितनी बेवकूफ थी विवान जो मैंने थोड़ी सी बहस के बाद तुमसे ब्रेक-अप ही कर लिया।" रायना ने एक ठंडी आह लेते हुए कहा और गहरी खामोशी में खो गई।

"मैंने तब भी तुम्हारा इंतजार किया था कि शायद तुम पढ़ाई पूरी करके भारत वापस आ जाओ और हम प्रणय-सूत्र में बंध जाएँ लेकिन तुमने वहीं जॉब भी शुरू कर दी।" विवान ने वो दिन याद करते हुए कहा।

"उस समय सब कुछ इतना सुहाना लग रहा था कि मेरे लिए प्यार-व्यार का

कोई मायने ही नहीं रह गया था।" रायना को काफी अफसोस हो रहा था।

"मैं फिर भी तुम्हारा इंतज़ार करता लेकिन जब तुमने ये कहा कि तुम वहीं शादी कर सेट्ल हो जाओगी, तो मुझे बहुत धक्का लगा। फिर माँ की जिद पर मुझे शादी करनी पड़ी।" विवान कुछ देर चुप रहा और फिर एक लंबी सांस लेते हुए उसने आगे कहा, "हम फिर से आज वही पुरानी बात लेकर बैठ गए।"

"क्या करें, जब-जब अफसोस होता है पुरानी बातें निकल ही आती हैं।" रायना ने अपना ग्लास रिफिल किया और जाम होठों से लगा लिया। "क्या ऐसा नहीं हो सकता विवान कि हम फिर से एक हो जाएँ?"

"अब यह कैसे पॉसिबल है रायना?"

"डिवोर्स दे दो अपनी वाइफ को।" रायना ने खुलकर कहा।

विवान कुछ देर चुप रहा और फिर बोला, "मुश्किल है रायना; मम्मी-पापा कभी तैयार नहीं होंगे। और अब तो मेरा बेटा भी है।"

"तुम उनके एकलौते बेटे हो; तुम्हारी खुशी से बढ़कर उनके लिए क्या हो सकता है?"

"पूरे इंदौर में बिंदल परिवार का काफी मान-सम्मान है और इस मान-सम्मान की खातिर मेरी माँ कभी मेरे डिवोर्स के लिए तैयार नहीं होंगी जब तक कि कोई बहुत बड़ी वजह न हो।" विवान के चेहरे पर मायूसी के भाव थे।

कमरे में कुछ देर खामोशी छाई रही। फिर अपने मूड को हल्का करते हुए विवान ने कहा, "छोड़ो रायना इन बातों को, फिलहाल तो हम साथ है। क्यों इन खूबसूरत लम्हों को खराब करना?" विवान ने खाली ग्लास टेबल पर रखा। रायना का ग्लास भी लेकर उसने टेबल पर रख दिया।

विवान के प्यासे होंठ रायना के रसीले होंठों से सिल गए। विवान अपनी प्रेमिका को बेतहाशा चूमने लगा। रायना ने अपने आप को हमेशा की तरह विवान को समर्पित कर दिया।

"आज हमारे पास समय भी है, तनहाई भी और ये नशीली रात भी।" रायना ने विवान को अपने आलिंगन में बांध लिया। "जस्ट लव मी लाइक नेवर बिफोर!"

विवान के चेहरे से टकराती रायना की गरम साँसें और उस पर से उसके ये मादक बोल; विवान के शरीर की आग और भी भड़का रहे थे।

"ये जवां रात, नशे में डूबी तुम्हारी ये कत्थई आँखें और हमारी बेलगाम ख्वाहिशें..." जब प्यार परवान चढ़ता था तब विवान के भीतर का इंदौरी शायर जैसे जाग उठता था। "मेरे प्यासे मन की हसीन आस हो तुम रायना।" विवान फिर

से बड़बड़ाया।

विवान ने रायना की ड्रेस के पतले स्ट्रैप्स को उसके दोनों कंधों से नीचे की तरफ खींचा और कुछ ही क्षणों में रायना की ड्रेस उसकी कमर पर आकर टिक गई। उसने ब्रा नहीं पहना था। उसके नग्न सुडौल वक्ष विवान को प्यार से निहारने लगे, उसे लुभाने लगे। विवान ने झट से अपने होंठ रायना के भरे-पूरे वक्ष पर रख दिए और उसे प्यार भरी गीली चुम्मियाँ देने लगा।

रायना की पाँच फुट चार इंच की खूबसूरत काया में जबरदस्त हलचल मच गई। ऐसा कोई पहली बार नहीं हुआ था। वो दोनों जब भी मिलते प्यार की दीवानगी दोनों के सिर चढ़कर नाचती और फिर दोनों ही एक दूसरे में खो जाते। विवान उठ खड़ा हुआ और उसने रायना को भी खींच लिया। उसने रायना की ड्रेस नीचे की ओर खींची और ड्रेस जमीन पर आ गिरी।

“इसकी भी क्या जरूरत है?” कहते हुए विवान ने रायना की ऑफ-व्हाइट सैटिन पैंटी को उसकी टांगों से अलग कर दिया।

“नाउ व्हाट आर यू वेटिंग फॉर? टेक मी बेबी!” रायना ने मचलते हुए कहा और बिस्तर पर आकर लेट गई। प्रेमातुर रायना की नशीली आँखें विवान को चुंबकीय आकर्षण से अपनी ओर खींच रही थीं। विवान ने फटा-फट अपने कपड़े उतरे और बिस्तर पर आ गया।

विवान और रायना एक-दूसरे में समाने लगे और फिर कुछ ही क्षणों में दोनों आनंद की दरिया में गोते लगाने लगे...

अध्याय 3

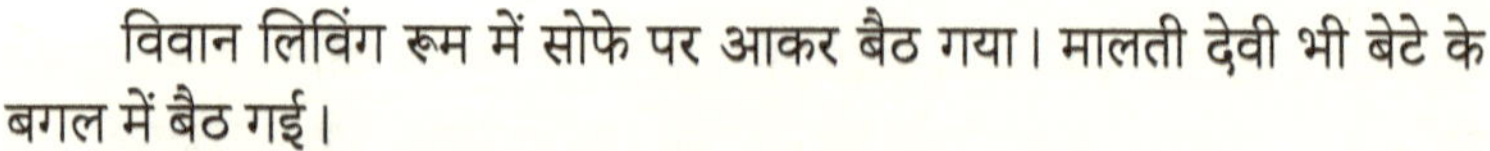

विवान लिविंग रूम में सोफे पर आकर बैठ गया। मालती देवी भी बेटे के बगल में बैठ गईं।

"मनोहर, विवान का सामान इनके कमरे में रख आओ।" मालती ने घर के नौकर से कहा। इतने में नव्या और मानवी भी आ गए।

"मैं फ्रेश जूस लेकर लाती हूँ।" कहकर नव्या किचन में चली गई।

"और कैसा रहा ट्रिप भाई?" मानवी ने पूछा।

"बहुत ही अच्छा रहा। कंस्ट्रक्शन का काम कुछ दिनों में पूरा हो जाएगा। जैसा माँ ने बताया था, वैसा ही इंटीरियर मैंने डिज़ाइनर को बता दिया है। लगभग एक महीना और, फिर हम अपने नए आउटलेट का उद्घाटन कर सकते हैं।" विवान ने बताया।

"बहुत बढ़िया।" मालती देवी गर्व से बोलीं। उनका बेटा बिल्कुल उनकी महत्वाकांक्षाओं के अनुरूप ही कारोबार को आगे बढ़ा रहा था।

नव्या फ्रेश ऑरेंज जूस ले आई और अपने पति को दिया। सामने ही सोफ़े पर वह बैठ गई।

इतने में आरव दौड़ता हुआ आया। "पापा, मैं आपको मिस कर रहा था।" आरव ने झट से अपनी बाँहें पापा के गले में डाल दीं।

"मेरा बेटू, मैं भी आपको बहुत मिस कर रहा था।" विवान ने उसे गोद में बिठाकर चूम लिया।

"मेरे लिए क्या लाए हैं?" आरव ने इठलाते हुए पूछा।

"चॉकलेट्स! टॉयज!"

"वो तो मुझे यहाँ भी मिल जाते हैं।" आरव नाक-भौंह सिकोड़ते हुए बोला। विवान सोच में पड़ गया कि बेटे को कैसे खुश करे।

तभी आरव ने प्यार से कहा, "चलो कोई बात नहीं, मैं फिलहाल इससे काम चला लेता हूँ।"

उसकी इस बात पर सभी हँस पड़े और विवान ने प्यार से आरव को बाँहों में कस लिया। नव्या बाप-बेटे के प्यार को देख मुस्कुरा उठी। अपनी पत्नी को न सही, विवान कम से कम अपने बेटे को तो भरपूर प्यार करते थे। 'समय के साथ विवान फिर से उसे प्यार करने लगेंगे' नव्या ने अपने दिल को समझाया।

विवान फ्रेश होकर बाथरूम से निकला और अपने फोन पर आए मिस्ड कॉल चेक करने लगा। तभी मालती ने आवाज लगाई, "विवान।"

विवान फोन वहीं टेबल पर रखकर कमरे से बाहर आ गया। नव्या जो वहीं कमरे में अलमारी ठीक-ठाक कर रही थी, टेबल के पास आई। उसकी नजर विवान के फोन पर पड़ी। उसने फोन उठाया और देखा कॉल डीटेल्स सामने थे। उसमें लास्ट कॉल रायना का था। नव्या इस नाम से परिचित थी। एक बार बातों-बातों में ही मानवी ने कहा था कि विवान शादी से पहले रायना नाम की एक लड़की को पसंद करता था जो बाद में भारत से बाहर कहीं पढ़ाई के लिए चली गई थी। तब नव्या ने विवान से इस बारे में पूछा भी था। जवाब में विवान ने उसे यह बताया था कि रायना उसकी सिर्फ दोस्त थी और कुछ नहीं। नव्या को यह भी पता चला कि रायना अब इंदौर के ही किसी अस्पताल में डॉक्टर है। नव्या के मन में कई बार यह ख्याल आया कि कहीं रायना की वजह से ही तो नहीं उसका पति उससे दूर होता जा रहा था। क्या वाकई उन दोनों के बीच कुछ था?

कुछ दिनों पहले नव्या ने फिर से विवान से खुल के पूछा था और तब विवान काफी झल्ला गया था। उसने फिर से जोर देकर कहा था कि रायना उसकी दोस्त के अलावा और कुछ नहीं। नव्या चुप हो गई थी। जिस बारे में कोई सबूत नहीं थे, उसपर बहस कर अपने रिश्ते में अशांति लाना नव्या ने सही नहीं समझा। वैसे एक बार उसके मन में यह भी ख्याल आया कि अगर विवान और रायना का अफेयर हो भी तो वह क्या कर लेगी? उसकी माँ ने तो विदाई के वक्त ही उसे कह दिया था कि अब वही घर उसका सब कुछ है। चाहे कुछ भी हो जाए, उसे अपनी गृहस्थी को संभालना है और चलाना है!

नव्या ने उन सारे परेशान करने वाले सवालों को अपने दिल से निकाल फेंका। दिल और दिमाग स्थिर रखने के लिए ये जरूरी था।

* * *

दोपहर का समय था। नव्या अपनी साड़ी संभालती हुई अपने कमरे में आ गई। विवान शॉप पर गए थे और मम्मी जी आरव और शुभम को लेकर अपनी किसी सखी के घर गई थीं। मानवी तो सारा दिन अपने आप में ही व्यस्त रहती थी।

वैसे तो हर रोज ही नव्या समय निकालकर थोड़ा बहुत लिख लेती थी पर आज तो घर में काफी शांति थी और उपन्यास लिखने के लिए बिल्कुल अनुकूल समय था। नव्या ने अपना लैपटॉप खोला और स्टडी टेबल पर लिखने बैठ गई। उसने काफी रिसर्च के बाद, अपना नया उपन्यास कुछ दिनों पहले लिखना शुरू

कर दिया था। यह कहानी लिखने में उसे काफी आनंद आ रहा था। काम-क्रिया का वर्णन जो पहले अपनी किताबों में वह स्किप कर देती थी अब उसे तन्मयता से लिखती थी। दो प्रेमियों के जिस्मों की आग, उत्तेजना के भाव, रतिक्रिया और चरमसुख की प्राप्ति – सब कुछ वह बड़े चाव से एक उत्कृष्ट भाषा शैली में लिखती थी। लिखते वक्त कई बार उसे खुद की उच्छृंखल होती भावनाओं पर काबू भी करना पड़ता।

नव्या ने वर्ड डॉक्यूमेंट, जिसका नाम था 'मैडम माया की दुनिया' खोला और उस पन्ने पर आ गई जहाँ से उसे आगे लिखना था। कहानी की प्रमुख पात्र मैडम माया फिल्म जगत की मशहूर प्रोड्यूसर थी। बाप से विरासत में उसे प्रोडक्शन कंपनी मिली थी जिसे उसने बहुत ही कम समय में ऊँचाइयों तक पहुँचाया था। मैडम माया नौजवान लड़कों को अपनी फिल्मों में मौका देती थी लेकिन बदले में उसे भी कुछ चाहिए था। वैसे वह काफी खूबसूरत थी...खूबसूरती और कामयाबी की एक डेडली कॉम्बिनेशन!

नव्या मैडम माया के चरित्र चित्रण से काफी संतुष्ट थी। माया बिंदास महिला थी जिसे अपनी सेक्शुअल डिज़ायर को दबाना जैसे घोर अपराध लगता था। आज माया एक नौजवान मॉडल, रोनित से मिलने वाली थी। जब पहली बार उसने रोनित को किसी पार्टी में देखा था, तभी उसका दिल उस बलिष्ठ, आकर्षक नौजवान के लिए मचल उठा था। लोग कहते कि माया भीड़ में से हीरा निकाल लेती थी और फिर जौहरी की तरह उसे तराशकर, अपनी फिल्मों में कास्ट करके स्टार बना देती थी। माया ने शायद अपना अगला हीरा ढूंढ लिया था। उसकी थोड़ी सी और परख करनी थी और इसके लिए माया ने रोनित को अपने ऑफिस बुलाया था।

माया के बारे में सोचकर ही नव्या के चेहरे पर एक नटखटी मुस्कान तैर गई। नव्या ने आगे लिखना शुरू किया।

रोनित माया के भव्य ऑफिस के सामने खड़ा था। माया का कार्यस्थल बड़े क्षेत्रफल में बनी हुई पाँच मंज़िला इमारत थी जो शांति एस्टेट के नाम से पूरी फिल्म इंडस्ट्री में मशहूर थी। रोनित ने गार्ड से बात की और गार्ड ने उसे रिसेप्शन का रास्ता बता दिया। रोनित को कल जब मैडम माया के सेक्रेटरी का फोन आया था तो वह खुशी से उछल पड़ा था। सेक्रेटरी ने बताया कि मैडम उसे अपनी अगली फिल्म में कास्ट करना चाहती हैं और उससे मिलना चाहती हैं। ऑडिशन अगर अच्छा हो गया तो, कॉन्ट्रैक्ट साइन कर लिया जाएगा। रोनित ने सपने में भी नहीं सोचा था कि उसे इतना बड़ा ब्रेक मिल सकता है।

रिसेप्शन पर बैठी एक खूबसूरत लकड़ी ने रोनित को पाँचवी मंजिल पर

 क्वीन

जाने को कहा। रोनित ने लिफ्ट ली और पाँचवी मंजिल पर आ गया। काफी सन्नाटा पसरा था वहाँ। जैसा कि रिसेप्शनिस्ट ने कहा था, वह एक बड़े से केबिन के पास चला आया। केबिन में जाने से पहले, रोनित थोड़ा रुका और एक बार उसने अपनी शर्ट और पैंट पर ध्यान दिया। सब सही था। रोनित ने केबिन का दरवाजा ठकठकाया और अंदर से आवाज आई, "आ जाओ", जैसे उसका ही इंतज़ार हो रहा हो।

रोनित अंदर आ गया। केबिन में एक वर्क टेबल, कुछ चेयर्स और आलीशान सोफे लगे हुए थे। टेबल के पास ही मैडम माया काले रंग की शॉर्ट बॉडीकॉन ड्रेस पहनी खड़ी थी। शरीर से चिपकी उसकी ड्रेस उसकी आकर्षक गठीली काया को बखूबी उभार रही थी। ड्रेस की डीप क्लीवेज से झाँकते उसके सुडौल और उन्नत उभार रोनित की धड़कनें बढ़ाने के लिए काफी थे। रोनित की आँखें कुछ पलों के लिए मैडम माया पर बस थम सी गईं। उस दिन पार्टी में उसने माया को फुल-लेंथ गाउन में देखा था पर आज तो माया सुपरहॉट लग रही थी, अपने फिल्म की किसी ग्लैमरस हिरोइन की तरह।

"हाय रोनित।" माया ने फाइल टेबल पर रखते हुए कहा।

रोनित जैसे एक तिलिस्म से जागा। "हैलो मैम, हाउ आर यू?" रोनित ने विनम्रता से कहा।

"आय एम गुड। प्लीज़ बैठो।" माया ने सोफे की तरफ़ इशारा करते हुए कहा। उसके चेहरे पर एक मनमोहक मुस्कान थी और आँखों में मादकता।

रोनित की निगाहें कुछ पलों के लिए माया के सम्मोहन पाश में बंध गईं। माया उसके सामने वाले सोफे पर बैठी और फिर धीरे से उसने अपनी एक टांग को दूसरी टांग पर रख लिया। रोनित को लगा कि माया ने पैंटी पहनी ही नहीं है। उसे माया की शर्मगाह की एक झलक मिल गई थी और रोनित की साँसे ऊपर की ऊपर रह गईं।

माया के होंठों पर शरारती मुस्कान थी और आँखों में लस्ट। तो क्या माया ने जानबूझकर ऐसा किया? क्या ये उसका कुछ इशारा था?

तभी माया ने रोनित से कहा, "अपनी अगली मूवी में मुझे एक फ्रेश और हैंडसम चेहरे की तलाश है और मुझे लगता है कि तुम उस किरदार को बखूबी निभा सकते हो।"

"थैंक यू मैम, मुझे इस लायक समझने के लिए।" रोनित को तो जैसे जैक-पॉट मिल गया था।

“कॉल मी जस्ट माया।” माया ने सेडक्टिव अंदाज में कहा।

“ओके... माया। और ऑडिशन ?” रोनित ने उत्सुकतावश पूछा।

अपनी कातिलाना नजरें रोनित पर गड़ाए माया उसके बगल में आकर बैठ गई। “ऑडिशन तो अभी यहीं दे दो, मुझे खुश करके।” कहती हुई माया उसके बिल्कुल करीब आ गई।

अब रोनित को अच्छी तरह समझ आ गया था माया को बदले में उससे क्या चाहिए। रोनित का मन हिरण की तरह कुचालें मारने लगा। माया की हॉटनेस तो वैसे ही उसपर एक्स्टेसी के पिल की तरह असर कर रही थी। कौन कमबख्त इस मनमोहिनी को खुश करना नहीं चाहेगा? रोनित को तो अपने दोनों हाथों में लड्डू दिख रहे थे। मूवी और माया !

तभी माया ने अपने जलते अधर रोनित के अधरों पर रख दिए। रोनित के शरीर में कैसे बिजली सी कौंध गई। उसने झट से माया को जकड़ लिया और उसके बेताब होंठों को चूमने लगा।

ऐसी प्रोड्यूसर हो तो ज़िंदगी भर इसका गुलाम बन इसकी ही फिल्मों में काम करूँगा - रोनित ने मन ही मन सोचा।

नव्या माया और रोनित के उस अंतरंग प्रसंग को लिखती गई और लिखते-लिखते मुस्कुरा उठी। उस दृश्य का अंत करते हुए नव्या ने आगे लिखा।

दोनों ने वापस अपने कपड़े पहने और बालों को ठीक-ठाक किया। माया रोनित से थोड़ा दूर, दूसरे सोफ़े पर बैठ गई और अब वह वापस मैडम माया थी – प्रोफेशनल लेडी और फिल्म जगत की मशहूर प्रोड्यूसर माया !

“तुमने इस ऑडिशन में अच्छा परफॉर्म किया है रोनित।” माया ने एक बॉस के अंदाज में कहा। “मेरी मैनेजर तुमसे फिल्म का कॉन्ट्रैक्ट साइन करवा लेगी और हम जल्द ही शूट शुरू करेंगे।”

इतना लिखने के बाद नव्या ने फाइल बंद की और अपना लैपटॉप शटडाउन कर दिया। नव्या बिस्तर पर लेट गई और माया और रोनित की प्रेम-क्रीड़ा के बारे में सोचने लगी। वैसे तो उस अंतरंग दृश्य को लिखते-लिखते उसकी खुद की तमन्नाएँ भी उड़न खटोले में उड़ने के लिए बेचैन हो उठी थीं। संभोग की उसकी तीव्र इच्छा अब बेकाबू हो रही थी। विवान उसके ख्यालों में आ गया।

नव्या बिस्तर से उतरी और एक बार उसने बंद दरवाजे पर नजर डाली। बस निश्चिंत होना चाहती थी कि चिटकनी बंद तो है ना। नव्या अपने ड्रेसिंग आईने के सामने आकर खड़ी हो गई। उसने अपनी साड़ी उतारी और बिस्तर की तरफ उछाल

दिया। उसने अपना पेटीकोट और ब्लाउज़ भी उतार फेंका। अब वह सिर्फ ब्रा और पैंटी में खड़ी थी। आईने में अपनी छवि को नव्या गौर से देखने लगी। फिर धीरे से अपनी हथेली को गाल पर रख लिया और अपने गाल सहलाने लगी। उसकी आँखें आईने में अपनी छवि को निहारती रहीं। उसकी उँगलियाँ अब होंठों पर आ गईं और उसने अंगूठे से अपने होंठों को दबा दिया। उसकी आँखों में मादकता उतर आई। उसका हाथ अपने वक्ष के उभार पर सरक आया और धीमे से उसे दबा दिया। उसका दूसरा हाथ भी अपने उन्नत वक्ष पर आकर टिक गया। वह ब्रा के अंदर कसे हुए अपने उत्तेजित उरोज़ों को, जो पति की हथेलियों की गर्माहट तले पिघलने को बेकरार थे, महसूस कर रही थी। उसके तन-बदन में मदहोशी सी छा रही थी। शारीरिक सुख की लालसाएँ उच्छृंखल हो रही थीं। पर तभी मन में हमेशा की तरह कई सवाल जग उठे?

“आखिर क्या कमी है मुझमें जो विवान का मेरे लिए प्रेम अब कहीं खो गया है? मैं कोई अप्सरा नहीं पर बुरी भी तो नहीं हूँ। ऐसा क्या है जो एक पत्नी में होना चाहिए और मुझमें नहीं? क्या मेरी किस्मत में बस अपनी चाहतों को दफन कर देना ही लिखा है? आखिर क्यों नहीं समझते विवान? वो तो मर्द हैं; क्या उनकी इच्छाएँ बेकाबू नहीं होतीं?”

हताश निराश सी नव्या ने अपने आप को संभालते हुए इन सवालों के जवाब भविष्य के लिए छोड़ दिया। और फिर हमेशा की तरह उसकी कामेच्छा धीरे-धीरे शांत हो गई...

अध्याय 4

नव्या ने अपने गीले बालों को कंधे के पीछे झटक दिया। शीशे के सामने खड़ी हो उसने मांग में सिंदूर सजाया और एक छोटी सी लाल बिंदिया माथे पर लगा ली। गुलाबी शिफॉन की साड़ी उसपर काफी जच रही थी। आईने में अपनी छवि को निहारते हुए, नव्या मुस्कुरा उठी। आज का दिन खास था। आज उसकी शादी की पाँचवी वर्षगांठ थी। शायद आज विवान के साथ कुछ खूबसूरत प्यार भरे पल व्यतीत करने का मौका मिले। वैसे तो विवान अगर शहर से बाहर नहीं होते तो अपने बेडरूम में ही आकर सोते हैं। लेकिन वो सिर्फ सोने ही तो आते हैं। उसके कई बार कोशिश करने के बाद भी विवान में संभोग की चाहत नहीं जगती। महीनों में कभी एक-आध बार सेक्स का ज्वार चढ़ता; हाँ सिर्फ सेक्स, कोई प्यार नहीं!

तो क्या आज अपनी पाँचवी विवाह वर्षगांठ के दिन भी विवान उसे प्यार नहीं करेंगे? *कम से कम आज तो पास आ जाओ विवान!* नव्या का मन पति के प्यार के लिए तड़प उठा।

नव्या अभी तक विवान को वर्षगांठ की बधाई नहीं दे पाई थी। जब वह नहा रही थी, तभी विवान उठकर मॉर्निंग-वॉक पर चले गए थे। तभी आरव स्कूल यूनिफॉर्म पहनकर अपने जूते हाथ में लिए आ गया।

"मम्मा, देखो मैं स्कूल के लिए तैयार हो गया। आप ये जूते पहना दो बस।" आरव ने मासूमियत से कहा।

"अरे वाह! मेरा बेटू तो बहुत स्मार्ट हो गया है।" नव्या ने प्यार से उसे चूम लिया। फिर उसे कुर्सी पर बिठाकर, उसे जूते पहनाने लगी।

"आज पापा मुझे स्कूल छोड़ने जाएँगे।" आरव ने चहकते हुए कहा।

"अच्छा?"

"हाँ, उन्होंने बोला।"

"अच्छा अब चलो, नाश्ता कर लो।" नव्या ने कहा और आरव का हाथ पकड़ नीचे ग्राउंड फ्लोर की ओर चल दी।

नव्या ने डायनिंग टेबल पर नाश्ता रखा और आरव को खिलाने लगी। नव्या ने देखा विवान और पापाजी कारोबार की कुछ बातें कर रहे थे। अब भी वह विवान को बधाई नहीं दे सकती थी।

बातचीत खत्म होने के बाद विवान ने बेटे से कहा, "मैं बस अभी तैयार हो

कर आया।"

"ओके, पापा।" आरव ने प्यार से कहा।

नव्या ने सोचा कि वह अपने कमरे में जाकर विवान को विवाह वर्षगांठ की बधाई दे आए लेकिन इतने में सासु माँ ने पूजा के कमरे से आवाज लगाई, "नव्या, ज़रा इधर आना।"

नव्या पूजा रूम में चली गई और फिर कुछ इस तरह काम में फस गई कि उसे फुरसत तभी मिली जब आरव ने बाहर से आवाज लगाई, "मम्मा मैं स्कूल जा रहा हूँ।"

नव्या बाहर आई तो देखा विवान गाड़ी में बैठ चुके थे। आरव भी झट से गाड़ी में बैठ गया। पास ही खड़े ससुर जी पोते को बाय कह रहे थे। नव्या ने भी बेटे को बाय किया और फिर, उसकी निगाहें विवान पर जा टिकीं। लेकिन विवान तो आगे मेन गेट की तरफ देख रहे थे। उन्हें अपनी पत्नी की बिल्कुल भी खबर नहीं थी। फिर गाड़ी स्टार्ट हुई और गेट से बाहर चली गई।

नव्या मन मसोस कर अंदर आ गई।

"भाभी, आज तो आपकी मैरेज एनिवर्सरी है ना?" मानवी अभी-अभी उठकर बाहर आई थी।

एक फीकी सी हँसी के साथ नव्या ने अपना सिर हिलाया। वह हमेशा कोशिश करती कि घरवालों को पता न चले कि विवान और उसके बीच का रिश्ता अब पहले जैसा मधुर नहीं रहा। बताने से बात का बतंगड़ ही बनता और वैसे भी जबरदस्ती किसी को अपनी ओर खींचा नहीं जा सकता था। विवान और उसके बीच दूरियों की चाहे जो भी वजह हों, अब उसे ही अपने प्यार से सब ठीक करना था।

"मैंने विवान को कहा था कि एनिवर्सरी की एक पार्टी कर लेते हैं पर उसने मना कर दिया।" कहते हुए मालती देवी डायनिंग टेबल के पास आकर बैठ गईं। "कहने लगा प्राइवेट सेलिब्रेशन के लिए पार्टी की क्या जरूरत? वैसे उसका कहना भी सही है।"

"भैया ने जरूर शाम के लिए कोई सरप्राइज़ रखा होगा।" सुनीता ने टेबल पर फ्रेश जूस रखते हुए कहा। सुनीता टीवी धारावाहिकों में 'सरप्राइज़ गिफ्ट और पार्टी' काफी सुनती आई थी, तो उसने सोचा यहाँ भी घर में कुछ वैसा ही हो।

"हाँ, ये भी हो सकता है।" मालती देवी ने कहा।

"शाम का इंतज़ार करते हैं।" कहती हुई मानवी भी नाश्ता करने आ गई।

फिर घर की तीनों महिलाएँ बैठकर नाश्ता करने लगीं।

दोपहर के दो बजे थे। नव्या के पास विवान का न कोई फोन आया और न ही कोई मैसेज। नव्या ने दो बार विवान को कॉल भी किया। एक बार तो उसका फोन व्यस्त आया और दूसरी बार तो उसने उठाया ही नहीं। व्यस्त होंगे शायद पर इतना व्यस्त कि आज के दिन भी उसके लिए थोड़ा सा समय नहीं निकाल पाए! नव्या ने सोचा। वैसे तो सभी रिश्तेदार, दोस्त और जान-पहचान वालों ने उसे विवाह-वर्षगांठ की बधाई दे दी थी, बस पति का ही इंतज़ार था। आज तो उसे लिखने में भी मन नहीं लग रहा था।

शाम हो आई थी। नव्या के फोन पर विवान का एक मैसेज आया – "अतुल सिंघानिया, जो हमारी कंपनी में इन्वेस्ट करने वाले हैं, ने आज एक अर्जेंट मीटिंग के लिए कहा है। मुझे घर आने में लेट हो जाएगा।"

मैसेज पढ़कर नव्या का दिल बैठ गया। तो शाम में अब कोई सेलिब्रेशन नहीं? उसे अपनी पहली सालगिरह याद आ गई जब दोनों कैंडल-लाइट डिनर डेट पर गए थे। अब तो बस यादें ही रह गई थीं और समय के साथ ये यादें भी धुँधली पड़ जाएँगी। नव्या की आँखों से दो मोती गालों पर टपक पड़े। उसने झट से आँचल से उन्हें पोंछ लिया।

नव्या बाहर लॉन में आ गई। आरव और शुभम दोनों लॉन में झूला झूल रहे थे। मानवी अपनी कॉफी का कप लिए लॉन में आकर बैठ गई।

"भाभी, भैया का फोन आया क्या?" मानवी के पूछा।

"हाँ, उनकी आज सिंघानिया जी के साथ एक मीटिंग है। घर आने में लेट हो जाएगा।" नव्या ने बताया।

"अब ये क्या बात हुई भला?" मानवी ने भौहें सिकोड़ते हुए कहा।

"सिंघानिया जी को मना भी तो नहीं कर सकते।" नव्या ने अपने दुखी मन को मजबूत करते हुए कहा। वैसे उसे कई बार लगता था कि मानवी उसके और विवान के रिश्ते को खंगालने की जी तोड़ कोशिश करती है। उसे शायद शक था कि दोनों के रिश्ते में कुछ तो गड़बड़ है।

मानवी कुछ देर तो चुप रही; फिर उसने पूछ ही लिया, "एक बात बताओ, आपके और भैया के बीच सब ठीक तो है न?"

एकदम से आए इस प्रश्न से नव्या थोड़ा सी घबरा गई लेकिन तुरंत ही अपनी मनःस्थिति को संतुलित करते हुए, उसने स्थिरता से जवाब दिया, "ऐसा क्यों पूछ रही हो मानवी? इतना बड़ा बिजनेस संभालते है विवान; अब हर वक्त मेरे आगे-

　　　　　　　　　　　　　　　　　　　　　　　　　

पीछे तो नहीं कर सकते न। मैं उन्हें समझती हूँ और वो मुझे समझते हैं...यही प्यार है!"

नव्या के इस जवाब ने मानवी को निरुत्तर कर दिया।

* * *

विवान ने फ्लैट का कॉल बेल बजाया और अगले ही पल दरवाजा खुला।

"हाय स्वीटहार्ट, थैंक्स सो मच फॉर कमिंग।" रायना झट से विवान से लिपट गई।

"कैसे नहीं आता? जब तुमने कहा कि तुम्हें अच्छा फील नहीं हो रहा, तो मैं परेशान हो गया। नहीं आने का तो सवाल ही नहीं उठता।" विवान ने उसके गाल पर एक मीठा सा चुंबन जड़ दिया। रायना ने दरवाजा बंद किया और दोनों लिविंग रूम में आ गए।

"अब कैसी है तबीयत?" विवान ने पूछा।

"ठीक है; उस समय मन थोड़ा भारी सा हो रहा था।" थोड़ा रुककर रायना ने आगे कहा, "कभी-कभी ड्यूटी पर नहीं होती हूँ तो अकेलापन काटने को दौड़ता है। मम्मी-पापा के जबलपुर शिफ्ट होने के बाद, अब तुम ही तो हो जिसे मैं इस शहर में याद कर सकती हूँ।"

"आप जब भी याद करेंगी मलिका-ए-आलिया, ये बंदा आपकी खिदमत में तुरंत हाजिर हो जाएगा।" विवान ने सिर झुकाते हुए रोमांटिक अंदाज में कहा।

रायना विवान के इस अनोखे अंदाज पर हँस पड़ी।

"डिनर कर के ही जाओगे ना? मैंने आज तुम्हारी फेवरेट कढ़ाई पनीर और दाल मखनी बनाई है।" रायना ने विवान की आँखों में प्यार से झाँका, जैसे उसके हाँ का ही इंतज़ार कर रही हो।

"अब तुमने प्यार से खाना बनाया है तो डिनर करके ही जाऊँगा।" विवान ने प्यार से कहा।

फिर तो नव्या, तू अकेली ही एनिवर्सरी मना ले। ये सोचकर रायना कुटिलता से मन ही मन मुस्कुरा उठी।

"घर पर क्या बताओगे?"

"मैंने कह दिया है कि एक इन्वेस्टर के साथ मीटिंग है तो लेट से घर आऊँगा।" विवान ने बताया। "वैसे तो वाकई मीटिंग थी पर वो शाम पाँच बजे खत्म हो गई थी।"

रायना ने विवान के ट्राउज़र के पॉकेट से उसका फोन निकाला और कहा, "इसे अब सायलेंट पर कर दो ताकि कुछ घंटे हम एक दूसरे में खोए रहें, बिना किसी रुकावट के।" रायना की आँखों में मय के प्याले सी मदहोशी तैर गई। उसकी आँखों की शोखी विवान को उसके जिस्म से खेलने की दावत दे रही थी। रायना की स्पेगेटी के अंदर कसमसाते उसके उभार विवान के हाथों के स्पर्श के लिए मचलने लगे।

"डॉक, यू आर किलिंग मी!" कहते हुए विवान उसकी ओर लपका।

रायना ने एक कामुक मुस्कान बिखेरते हुए विवान से कहा, "बहुत गर्मी हो रही है ना; शावर ले लें?"

"हम दोनों, एक साथ शावर में...इस हसीन ऑफर को मैं भला कैसे ठुकरा सकता हूँ?" विवान ने उसे कनखियों से देखते हुए जवाब दिया।

रायना ने अपनी स्पेगेटी और शॉर्ट्स निकाल कर वहीं ड्रॉप कर दिया। एक बेहद मनमोहक मुस्कान बिखेरती हुई वह बाथरूम में चली गई। विवान ने भी अपने कपड़े उतारे और तीव्र आकर्षण से बँधा रायना के पीछे-पीछे बाथरूम में आ गया।

रायना ने अपनी पैंटी उतारकर विवान की ओर उछाल दी जो सीधी जाकर विवान के मुँह पर गिरी। विवान ने पैंटी को अपने नथुनों से सटाकर रायना की गंध को महसूस किया और फिर पैंटी को चूमकर वहीं रख दिया। विवान के इस हरकत को देख रायना ने शोख अंदाज में एक चुंबन हवा में उछाला और शावर के नीचे आ गई। रायना ने शावर चलाया और झर-झर करती हुई पानी की धार उसके निर्वस्त्र शरीर को चूमती हुई फर्श पर बिखरने लगी।

विवान तो पूर्णरूपेण रायना की शोखी का कायल था। अस्पताल में गंभीर सी दिखने वाली डॉक्टर इतनी सेक्सी भी हो सकती है, शायद ही कोई अंदाज़ा लगा पाए!

विवान रायना के पास शावर के नीचे आ गया और फिर दोनों एक दूसरे में खो गए।

***

रात के सवा ग्यारह बज रहे थे। नव्या सोफे पर बैठी विवान का इंतज़ार कर रही थी। दो-तीन बार वह विवान को फोन कर चुकी थी पर फोन लगा ही नहीं। बस एक मैसेज आया कि ग्यारह बजे तक आऊँगा। घर के सभी लोग सो चुके थे। तभी दरवाजे का कॉल बेल बजा। नव्या तुरंत उठकर खोलने गई।

विवान अंदर आ गया और वहीं खड़ी नव्या को नजरअंदाज करता हुआ सीधा सीढ़ियों की तरफ बढ़ गया।

क्वीन

“खाना नहीं खाएँगे?” नव्या ने पूछा।

“खाना खा लिया है मैंने।” विवान ने बिना उसकी ओर देखे जवाब दिया और सीढ़ियाँ चढ़ने लगा।

नव्या ने लाइट्स ऑफ किए और ऊपर बेडरूम की तरफ चली गई।

नव्या ने बेडरूम का दरवाजा अंदर से बंद किया। विवान बिस्तर पर एक तरफ लेटा हुआ था और बीच में हमेशा की तरह आरव सोया था। विवान ने हाथ बढ़ाकर टूल पर रखे पानी का ग्लास उठाया। पानी पीकर जैसे ही वह आँखें बंद करने वाला था कि नव्या ने प्यार से कहा, “विवाह वर्षगांठ की बधाई विवान।”

एक पल को तो विवान को समझ नहीं आया कि क्या कहे पर फिर भी बेमन से ही सही, उसने कहा, “तुम्हें भी।”

नव्या धीमे से मुस्कुराई। आज उसका मन पति के प्रेम के लिए बेचैन हो रहा था। वह चाहती थी कि विवान कुछ देर ही सही, उसके साथ बैठकर प्यार भरी बातें करे। उसकी आँखों में झांक, उसके प्रेम को समझे...अपनी पत्नी के हृदय की तड़प को समझे। कितना दुख होता है जब एक छत के नीचे रहकर भी, एक बिस्तर पर सो कर भी, मर्द अपनी पत्नी से दूरी बना लेता है। नव्या इससे पहले कि और कुछ कहती विवान ने अपनी आँखें बंद कर लीं।

नव्या का व्यथित मन रो पड़ा। आँखों की कोरों से अश्क टप-टप गालों पर लुढ़क आए। नव्या ने विवान के लिए लेदर गिफ्ट हैम्पर खरीदा था। सोचा था जब वो कमरे में आएँगे तो उन्हें प्यार से गिफ्ट करेगी। लेकिन विवान अब सो रहे थे और अभी समय भी नहीं था कुछ कहने-बताने का। नव्या ने भारी मन से बत्ती बुझाई और बिस्तर पर आकर लेट गई।

अध्याय 5

नव्या मुग्ध सी अपने कमरे में रखे एक-एक वस्तु को निहार रही थी। आज काफी दिनों के बाद वह अपने मायके भोपाल आई थी। उसका कमरा बिल्कुल वैसा ही था जैसा वह पिछली बार छोड़ कर गई थी। किताबों के शेल्फ पर सलीके से सजी हुई उसकी किताबें, सरस्वती माँ की वह प्यारी सी मूर्ति जो वह हमेशा अपने स्टडी-टेबल पर रखती थी, उसकी पसंदीदा वॉल पेंटिंग...सब कुछ वैसा ही था। उसके सामान से किसी ने छेड़-छाड़ नहीं की थी। हाँ, इस बार माँ ने उसके विवाह की एक अच्छी सी फोटो फ्रेम करवा के दीवार पर टांग दी थी। उस तस्वीर को देखकर सभी ने यही कहा था कि क्या सुंदर जोड़ी बनाई है भगवान ने। नव्या उस प्यारी सी तस्वीर में कहीं खो सी गई।

"नव्या, चल खाना खा ले।"

नव्या का ध्यान तस्वीर से हटा। माँ पास में खड़ी थी।

"थोड़ी देर में खा लूँगी माँ; अभी भूख नहीं लगी है।"

"अच्छा, बैठ यहाँ। तुझसे कुछ बात करनी है।" कहती हुई माँ वहीं बिस्तर पर बैठ गई। नव्या भी आ कर उनके बगल में बैठ गई। फोन पर तो बहुत कम ही बातें हुआ करती थीं और इतने दिनों बाद वह माँ से मिली थी तो जाहिर सी बात थी कि माँ के पास काफी कुछ होगा बोलने-बताने के लिए।

"नव्या, विवान क्यों नहीं आए तेरे साथ?" माँ के चेहरे के भाव बता रहे थे कि माँ उसके अकेले आने पर खुश नहीं थी।

"माँ, वो कारोबार के सिलसिले में काफी व्यस्त रहते हैं। उन्हें बिल्कुल समय नहीं मिल पाता है।"

"पिछली बार भी तूने यही कहा था। इतनी क्या व्यस्तता कि इंदौर से भोपाल नहीं आ पाते। कम से कम तुझे छोड़ने तो आ ही सकते थे। आस-पड़ोस वाले तो सवाल करेंगे ही कि बेटी के साथ दामाद जी नहीं आते।"

नव्या माँ की बात सुन चुप थी। आखिर क्या कहे कि विवान उसके साथ कहीं जाना-आना ही नहीं करते थे। मम्मी जी के कहने के बाद भी वह कुछ बहाना बनाकर कहीं किसी काम से निकल गए। वैवाहिक जीवन की कटु वास्तविकता कैसे बताए माँ को?

"नव्या, तेरे और दामाद जी के बीच सब ठीक तो है ना?" माँ के चेहरे पर

संशय की रेखाएँ थीं।

नव्या चुप थी। माँ ने आगे कहा, "देख नव्या, मैंने तुझे पहले भी कहा था और फिर से कहती हूँ। अपनी घर-गृहस्थी को अच्छी तरह संभाल। पति-पत्नी के रिश्ते में उतार–चढ़ाव आते रहते हैं लेकिन रिश्ते में मधुरता लाने और बनाए रखने की कोशिश निरंतर करनी चाहिए।"

हर संभव कोशिश ही तो किए जा रही हूँ मैं। हर दिन इसी उम्मीद में बिताती हूँ कि विवान तन-मन से फिर से मेरे हो जाएँ। नव्या ने सोचा, बस शब्द अधरों से फूटे नहीं।

नव्या माँ के पास दो दिन रहकर अपना मिज़ाज दुरुस्त करने आई थी लेकिन ऐसा हुआ नहीं। हर किसी का एक ही सवाल होता - विवान क्यों नहीं आए? एक ही सवाल का बार-बार जवाब देते हुए नव्या अंदर से झुँझला उठी थी। जो उसके जवाब से संतुष्ट नहीं होता वह उससे दूसरे सवाल करता। नव्या को लगा इससे बेहतर तो वह इंदौर में ही थी। कम से कम वहाँ कोई उससे सवाल-जवाब तो नहीं करता।

* * *

नव्या आज बेहतर मूड में थी। आज उसे अपनी पुरानी सहेली मेघा से मिलने जाना था। मेघा एक आईटी कंपनी में कार्यरत थी और दो सालों तक यूएस में किसी प्रोजेक्ट पर काम करने के बाद वापस भारत आई थी। इतने दिनों बाद अपनी सहेली से मिलने की खुशी में नव्या तैयार होते हुए कोई फिल्मी धुन गुनगुना रही थी। लेकिन क्या खुश होने की कोई और वजह भी थी? नव्या थोड़ी सोच में पड़ गई। कल रात बंजर धरती पर जैसे बारिश हो गई थी। कल विवान को शायद याद आ गया कि शादीशुदा ज़िंदगी में सेक्स–लाइफ जैसा भी कुछ होता है। वैसे दो-तीन महीने में एक बार उसे इस बात का संज्ञान किसी एक रात हो जाता! विवान ने कल सोते हुए आरव को बिस्तर के एक तरफ किया और अंधेरे में पत्नी के प्यासे बदन से खेलने लगा। उसने एक शब्द भी नहीं कहा, बस वो सब कुछ करता चला गया जिसकी उसे तब चाहत थी। नव्या उस पूरे रतिक्रिया के दौरान और उसके बाद भी पति का प्यार तलाशती ही रह गई जो उसे हमेशा की तरह नहीं मिला...

नव्या के एक ठंडी आह ली और उस बात को दिमाग से झटक दिया। निकलने से पहले उसने आईने में अपनी छवि पर एक नजर डाली और फिर मुस्कुरा उठी। वह मैडम माया की तरह खूबसूरत तो नहीं पर स्मार्ट और ग्रेसफुल तो थी ही। माया का वो अंदाज, वो अदाएँ, पार्टनर के सामने सेक्स की चाहत को अपने मादक

अंदाज में व्यक्त करना, सेक्शुअल ऐक्ट में कई बार खुद हावी होना... माया की तरह उसमें ये सब बातें नहीं थीं। पर माया का सृजन तो उसने ही किया था... सोचकर नव्या मंद-मंद मुस्कुरा उठी। नव्या ने अपना हैंडबैग उठाया और कमरे से बाहर आ गई।

कुछ देर में नव्या मेघा के घर पहुँच गई। उसने गाड़ी पार्क की और घर के अंदर आ गई। मेघा ने नव्या को देखते ही गले लगा लिया। आखिर इतने दिनों के बाद मिली थीं दोनों सहेलियाँ।

"अरे नव्या, तुम तो बिल्कुल नहीं बदली; वैसी ही दिखती हो।" मेघा ने प्यार से कहा।

"दो साल में क्या बदल जाऊँगी यार पर हाँ, तुम जरूर ग्लो कर रही हो। बॉयफ्रेंड?" नव्या ने आँखें मटकाते हुए पूछा।

"नहीं यार, तुझे पता है मेरा कोई बॉयफ्रेंड दो-तीन महीने से ज्यादा नहीं टिकता; हम तो ऐसे ही अच्छे हैं।" मेघा हँस पड़ी।

"इस मामले में तुम वाकई बिल्कुल नहीं बदली।" नव्या हस्ते हुए बोली।

दोनों बैठक में आकर काउच पर पसर गए।

"इंदौर ट्रांसफर ले लिया है क्या?" नव्या ने पूछा।

"मेरी कंपनी का बेस लोकेशन तो बैंगलोर ही है पर यूएस का प्रोजेक्ट खत्म होने के बाद, सौभाग्य से इंदौर का एक डोमेस्टिक प्रोजेक्ट मिल गया है। लगभग डेढ़-दो साल तो यहीं रहूँगी।" मेघा ने बताया।

"ये तो बहुत ही अच्छा हुआ। अब तो हम मिलते ही रहेंगे।" नव्या ने खुश होते हुए कहा। एक मेघा ही थी, जिससे वह अपने सारे सुख-दुख साझा करती थी। फोन या चैट पर बीच-बीच में वह उससे बात कर लिया करती थी।

"अच्छा ये बता, तेरे और विवान के बीच सब कुछ नॉर्मल हुआ या नहीं?" मेघा ने उत्सुकता से पूछा?

"नहीं यार, वैसा ही है सब कुछ।" कहते हुए नव्या का चेहरा फीका पड़ गया। "कई बार तो मुझे ऐसा लगता है कहीं विवान और रायना का अफेयर तो नहीं। कहीं रायना ही हमारे बीच दूरियों की वजह तो नहीं?"

"देख, होने को तो कुछ भी हो सकता है। पर विवान ने तो तुझे बताया था न कि रायना उसकी सिर्फ अच्छी दोस्त है। और फिर जब तक कुछ ऐसा सबूत न मिले, तू उसपर एक्स्ट्रा मैरिटल अफेयर का आरोप नहीं लगा सकती।"

"आरोप तो मैं लगा ही नहीं रही, बस मन में एक खटक है और वह भी इसलिए क्योंकि मुझे कोई और वजह नहीं दिखती।" नव्या ने कुछ सोचते हुए कहा।

"मालती आंटी से कभी इस बारे में बात की है?" मेघा ने पूछा।

"नहीं यार, मैं उन्हें इस मामले में नहीं उलझाना चाहती। क्या पता विवान और भड़क जाएँ?

"फिर तो विवान को अपनी ओर लाने की कोशिश तू जारी रख। वैसे भी तूने तो बिंदल परिवार को उनका कुलदीपक दिया है। तेरी इज़्ज़त तो हमेशा ही होगी।" मेघा मुस्कुराते हुए बोली।

"अच्छा छोड़ इन बातों को। तुझे कुछ मजेदार बात बतानी थी, मेरे लेखन को लेकर।" कहते हुए नव्या की आँखों में चमक आ गई।

"ऐसा क्या है? कुछ विवाद छेड़ दिया क्या...?" मेघा ने उत्सुकतावश पूछा।

नव्या को थोड़ी हँसी सी आ गई। वैसे कामुक उपन्यास उसके परिवारवालों के लिए विवादित विषय ही होता।

"मैं एक कामुक उपन्यास लिख रही हूँ। समझ ले ये रहस्य है और बस तुझे ही बताया है मैंने।" नव्या ने कहा।

"सीरियसली? मतलब सेक्सी-सेक्सी!" मेघा ने चहकते हुए कहा।

"कामुकता और प्रेम के रंग में रंगी एक ऐसी कहानी जिसमे सस्पेंस और ट्विस्ट भी है।"

"नव्या, अपनी कहानी का कोई मस्त सा लव-मेकिंग वाला अंश पढ़ा यार।" मेघा मचलती हुई बोली। "मैंने कुछ एक कामुक किताबें पढ़ी हैं पर वो सभी बाहर के लेखकों की हैं। अपना कुछ देसी हो तो बस मज़ा आ जाए।"

"रुक, मैं देखती हूँ मेरी मेल पर एक ड्राफ्ट होगा।" नव्या ने अपनी मेल से एक फाइल डाउनलोड की और देखने लगी कि मेघा को कौन सा हिस्सा पढ़ने दिया जाए।

"अंदर मेरे कमरे में चलते हैं। यहाँ मेरी कामवाली ने कुछ सुन लिया तो मिर्च-मसाला लगाकर मोहल्ले में फैला देगी।

दोनों मेघा के कमरे में आ गए।

"वैसे एक बात बता नव्या, ये सब कुछ लिखते हुए तुझे कुछ फील नहीं होता?" मेघा कौतुहलवश उसे निहारने लगी।

"तू क्या कहना चाहती है?" नव्या ने उसकी तरफ देखते हुए पूछा।

"अच्छा मैं सीधा-सीधा पूछती हूँ। ये बता जब तू ये सब कुछ लिख रही होती है तो अराउज़ नहीं होती? तुझे कुछ करने का मन नहीं करता क्या?"

नव्या मेघा के सवाल पर थोड़ी संजीदा हो गई। वैसे सवाल उसका बड़ा सटीक था।

"कई बार शरीर में भूचाल सा आता है। मैं भी हाड़-मांस की ही बनी हूँ।"

"और जैसा कि विवान और तेरा रिश्ता है... मेरा मतलब है कि तुम दोनों के बीच सेक्स न हो और तेरे बदन में भूचाल आ जाए तो तू क्या करती है?" मेघा ने उसे गौर से देखते हुए पूछा।

"तू तो जैसे आज मेरा इंटरव्यू ले रही है।"

"कामुक कहानियों के लेखक आम लोगों के लिए रहस्यमयी होते हैं।" मेघा ने कनखियों से देखते हुए कहा। "मैं बस थोड़ा रहस्यों की गुत्थियाँ खोलने की कोशिश कर रही हूँ।"

"कुछ नहीं, क्या करूँगी? अपनी इच्छाओं को बस दफन कर देती हूँ।" नव्या ने एक गहरी सांस ली।

"अच्छा रुक।" मेघा उठी और अपनी अलमारी से उसने एक पैकेट निकाला। उसने वह पैकेट खोला और अंदर से पर्पल रंग का कुछ निकाला। नव्या देखते ही समझ गई कि वह वाइब्रेटर है।

"तू वाइब्रेटर रखती है?" नव्या को थोड़ा आश्चर्य हुआ।

"हाँ जी। ये रैबिट वाइब्रेटर है!"

"तुझे ये कहाँ से मिला?" नव्या ने पूछा।

"यूएस में खरीदा था।"

"तू कब से यूज़ करने लगी इसे?" नव्या ने पूछा।

"देख यार, मैं अपनी ज़िंदगी खुल कर जीती हूँ।" मेघा ने बिंदास स्वर में कहा। "मुझे जब ऑर्गेज़्म चाहिए तो बस चाहिए। अब उसके लिए मैं बॉयफ्रेंड का इंतज़ार तो नहीं कर सकती ना। वैसे मेरे पास ये नया पड़ा है; तू इसे ले जा।" मेघा ने वाइब्रेटर पैकेट में डाल नव्या की तरफ बढ़ा दिया।

"नहीं यार, मुझे ये नकली चीजें पसंद नहीं हैं।" नव्या ने कहा। "भले ही मैं सेक्स की चाहत को दबा देती हूँ पर मेरे लिए ऑर्गेज़्म का मतलब वो खूबसूरत लम्हें हैं जो मैं पति के साथ महसूस कर सकूँ।"

"जब पति ऑर्गेज़्म नहीं दे रहा तो कहीं से तो मिले। मेरा मतलब है कि एक निर्जीव वाइब्रेटर अगर रियल जैसा ऑर्गेज़्म दे रहा है तो क्या गलत है यार? तू किसी गैर मर्द के साथ तो नहीं सो रही ना!" मेघा ने नव्या को समझाने की कोशिश की।

"नहीं यार, रहने दे। मुझे नहीं चाहिए।"

"महान है तू। अच्छा चल, अब मुझे कुछ अच्छा सा पढ़ा जो तूने लिखा है... कुछ बेहद कामुक सा।" कहते हुए मेघा मचल उठी।

"रुक, मैं कहानी का एक अंश निकालती हूँ।" नव्या अपने फोन पर स्क्रॉल करते हुए उपन्यास के उस भाग पर आ गई जहाँ माया फिर एक नया ऑडिशन ले रही थी।

"वैसे अच्छा होगा राइटर साहिबा ही पढ़कर सुनाएँ। फीलिंग भी आएगी, है ना?" कहकर मेघा आराम से टांग पसारकर बिस्तर पर बैठ गई।

"मैं ही वॉयस आर्टिस्ट बन जाती हूँ; तेरे लिए, ये भी सही। वैसे अंकल-आंटी कहाँ हैं?"

"बाहर गए हैं। तू चिंता मत कर; कोई नहीं सुन रहा हमें।" मेघा ने निश्चिंतता से कहा।

"थोड़ा बैकग्राउंड बता दूँ तुझे।" नव्या ने कहना शुरू किया। "मेरे उपन्यास का नाम है – मैडम माया की दुनिया। कहानी की प्रमुख पात्र है मैडम माया, एक खूबसूरत और बेहद कामयाब फिल्म प्रोड्यूसर। माया नए होनहार लड़कों को अपनी फिल्मों में मौका देती है लेकिन माया अगर किसी पर मेहरबान होती है तो बदले में उस शख्स से एक डील भी करती है – सेक्स-स्लेव बनने की डील। माया की प्यास किसी एक मर्द से नहीं बुझ सकती। उसे स्वाद बदलना पसंद है। फिर एक दिन माया को एक ऐसा शख्स मिलता है जो उसके उस प्रपोज़ल को ठुकरा देता है क्योंकि वह अपनी गर्लफ्रेंड से बेइंतहा प्यार करता है। पहली बार माया को किसी ने ठुकराया था। माया को इस शख्स से सच्चा वाला इश्क हो जाता है और माया की रंगीन दुनिया अब सिर्फ एक ही रंग में रंग जाती है – प्यार का रंग। तो क्या माया अपने प्यार को हासिल कर पाएगी? जानने के लिए पढ़ें – मैडम माया की दुनिया!" कहते हुए नव्या मुस्कुरा उठी।

"वाह! ये मैडम माया तो बहुत ही रोचक किरदार लगती है। अबकी बार तो मुझे लग रहा है तेरी किताब विस्फोट करने वाली है।" मेघा ने मुस्कुराते हुए भविष्यवाणी कर दी।

"विस्फोट का तो पता नहीं पर मैं ये कहानी लिखते हुए काफी एन्जॉय कर रही हूँ।"

"अच्छा अब पढ़कर सुना कुछ।"

"मैं तुझे माया के एक नौजवान के साथ बिताए अंतरंग पलों को पढ़कर सुनाती हूँ। तो प्रसंग ये है कि माया ने आज एक बाईस साल के संघर्षरत टीवी ऐक्टर कुणाल को अपने फार्महाउस पर ऑडिशन के लिए बुलाया है। माया का ऑडिशन काफी अनोखा होता है, कभी उसके उसके ऑफिस में, काफी फार्महाउस, कभी उसके स्विमिंग पूल, तो कभी समुद्र में उसकी प्राइवेट याच पर।" नव्या ने मैडम माया की ही तरह शरारती अंदाज में कहा।

"तेरी यह माया मेरे दिल की बेचैनी बढ़ा रही है।" मेघा पीछे होकर बिस्तर से टिक गई।

"दिल थाम और सुन।" बगल में बैठी नव्या ने कहा और पढ़ने लगी।

मैडम माया का फार्महाउस काफी बड़े क्षेलफल में फैला हुआ था। बाउंड्री पेड़-पौधे और हरे-भरे खूबसूरत लत्तरों से सजी हुई थी। कुणाल ऑडिशन देने फार्महाउस पर पहुँच चुका था। तभी एक स्टाफ जो सफेद पैंट-शर्ट में था उसके पास आया और उसे अंदर ले गया। वह उसे एक लंबे कॉरिडोर से होते हुए एक दरवाजे के पास ले आया।

"इस दरवाजे से आप नीचे बेसमेंट में चले जाइए। वहीं एक कमरे में मैडम आपको मिलेंगी।" स्टाफ ने कहा और चला गया।

कुणाल सोचने लगा कि वह ऑडिशन देने आया है या किसी रहस्यमयी किले की गुत्थी सुलझाने। फिर वह सीढ़ियों से नीचे उतर आया। एक के बाद एक बंद कमरों को देखता हुआ वह एक कमरे के सामने रुका जिसका पट हल्का खुला हुआ था। उसने दरवाजे पर दस्तक दी और अंदर से आवाज आई, "आ जाओ।"

कुणाल अंदर चला गया। और अंदर जो उसने देखा, उसकी आँखें खुली की खुली रह गईं। कमरे में धीमी रोशनी थी और दीवार पर लाल रंग के वॉलपेपर लगे हुए थे। एक तरफ बड़ा सा लकड़ी का क्रॉस दीवार से सटा स्टैंड की तरह रखा था और पास ही कुछ अलग-अलग तरह के बेंच और कुर्सियाँ रखी थीं। एक बेंच और एक कुर्सी में हथकड़ियाँ और बांधने के लिए चेन भी थे। कुणाल देखते ही समझ गया कि ये सेक्स-फर्नीचर थे। बगल में एक काले रंग की छड़ी भी थी जिसका एक सिरा चपटा सा था। इसके अलावा, एक कोने में बड़ा सा पिंजड़ा था और साथ ही कुछ रस्सियाँ और ताला-चाभी रखे थे। मैडम माया ने तो पूरा सेक्स-डंजन बना

रखा है, कुणाल ने मन ही मन सोचा।

मैडम माया एक बड़े से गद्देदार कुर्सी पर बैठी थी। उसे देखकर कुणाल की धड़कनें तेज हो गईं। चमकते काले रंग का लेटेक्स लुक वाला शॉर्ट ड्रेस पहनी, लाल रंग के सोफे पर बैठी मैडम माया उसे देखकर मुस्कुरा रही थी। उसके पैरों में नेट की स्टॉकिंग्स थी और उसने हाई-हील वाले काले लेदर बूट्स पहने थे। बाल ऊँची पोनी में बंधे हुए थे और होंठों पर सुर्ख लाल लिपस्टिक सजी हुई थी...बला की खूबसूरत लग रही थी माया।

"ऑडिशन के लिए तैयार हो कुणाल?" माया ने एक रहस्यमयी मुस्कान के साथ पूछा।

इस सेक्स-डंजन में ऑडिशन? आखिर इरादा क्या है इसका? कुणाल ने सोचा और फिर विनम्रता से कहा, "बिल्कुल तैयार हूँ मैम।"

"मैं थोड़ा अलग किस्म का ऑडिशन लेती हूँ। इस कमरे में आकर तुम्हें अंदाज़ा तो हो गया होगा। और अगर तुम मुझे इस ऑडिशन में खुश कर देते तो समझो ये मूवी तुम्हें मिल गई।"

कुणाल को अब समझ आ गया था कि इस ऑडिशन में मैडम माया उससे क्या चाहती थी।

कुणाल ने झट से जवाब दिया, "मैं आपका गुलाम और आप मेरी मालकिन। मैं आपको हर तरह से खुश करूँगा।"

"समझदार हो तुम।" माया के होंठों पर एक शैतानी मुस्कुराहट छा गई।

"आपकी पारखी नज़रों ने मुझे इस ऑडिशन के लिए चुना है तो मैं आपको नाखुश तो कर ही नहीं सकता।" कुणाल ने माया की तरफ लुभावनी नजर डालते हुए कहा।

"तो शुरू करते हैं, मालकिन और गुलाम का ये हसीन खेल।" माया ने जैसे ऐलान किया और उसका खूबसूरत चेहरा कठोर हो गया। "अपने सारे कपड़े उतारो, गुलाम।" माया ने आदेश दिया।

"जी मैडम।" कुणाल अपनी कमीज की बटन खोलने लगा। कमीज उतार कर पास की एक सेक्स-फर्नीचर पर रख दिया।

माया ललचाई नज़रों से उसके सख्त मर्दाना जिस्म को निहार रही थी। कुणाल ने अपनी बेल्ट निकाली और फिर धीरे से अपनी पैंट भी स्पैंकिंग बेंच की तरफ उछाल दिया। अब वह सिर्फ अपने ब्रीफ़ में माया के सामने सिर झुकाए गुलाम की तरह खड़ा था।

कुणाल की गहरी आँखें और डिम्पल वाली स्माइल तो माया को पहले ही दीवाना कर चुकी थीं। अब उसका सुगढ़ शरीर, सख्त भुजाएँ और टांगों के बीच उसकी मर्दानगी जो ब्रीफ़ के अंदर टेंट बना रही थी, देखकर माया बावली हुई जा रही थी। पर अभी तो खेल शुरू ही हुआ था। अभी तो गुलाम से काफी खातिरदारी करवानी थी।

"तुमने सुना नहीं? मैंने तुम्हें सारे कपड़े उतारने को कहा। अच्छी तरह आज्ञा का पालन करो वरना..." माया ने बगल में टूल पर रखा हुआ एक लेदर-लुक वाला चाबुक उठाया और एक बेंच पर जोर से मारते हुए आगे कहा, "गुलामों के साथ क्या बर्ताव करना है ये मुझे अच्छी तरह आता है।" कहते हुए माया का चेहरा सख्त हो उठा।

"सॉरी, अभी उतारता हूँ।" कुणाल पहले तो थोड़ा झिझका पर फिर एक झटके में उसने अपना ब्रीफ़ उतार दिया। उसे दिख रहा था कि माया पूरी तरह से इस मास्टर-स्लेव के खेल को खेलने के मूड में थी। अब वह पूर्ण नग्न था और मैडम की कामुक ललचाई नजरें उसकी टांगों के बीच उसकी मर्दानगी पर ही टिकी थीं।

माया अपनी कुर्सी से उठी और अपनी ड्रेस की ज़िप जो आगे की तरफ थी, खोल दी। अपने गुलाम पर नजरें गड़ाए, उसने धीरे से अपनी ड्रेस निकाल कर हवा में उछाल दिया। उसने अंदर लेस वाली काली ब्रा और पैंटी पहनी थी। कुणाल की आँखें माया के तराशे हुए गदराए जिस्म पर टिक गईं। कुणाल को माया की सही उम्र का पता नहीं था। लोग कहते कि शायद बत्तीस-तैंतीस की होगी पर उसे देखकर ऐसा लगता था जैसे अभी-अभी जवानी की दहलीज पर कदम रखा हो। इन्हें किसी हीरोइन की क्या जरूरत; ये तो अपनी नज़रों के तीर से ही लोगों को घायल कर दें, कुणाल ने सोचा।

माया धीरे से मादक अंदाज में चलते हुए कुणाल के करीब आयी। उसने कुटिल सी एक नजर डाली और फिर अगले ही पल, उसका एक हाथ कुणाल के शेर पर था। माया ने उसका शेर हलके से दबाया और खींचते हुए उसे कुर्सी के पास ले आई। कुणाल के गले से हल्की सी चीख निकल गई लेकिन माया की उँगलियों के दबाव से उसका शेर पूरी तरह से जाग उठा था।

"घुटनों के बल नीचे बैठ जाओ।" माया ने आज्ञा दी और कुणाल ने फौरन उसका पालन किया।

माया ने टूल से स्लेव-कॉलर उठाया और कुणाल के गले में पहना दिया। फिर उसने एक चेन उस कॉलर से लगा दी। "अब तुम पूरी तरह से मेरे गुलाम हो...चेन

से बंधे हुए मेरे पालतू जानवर।" माया खिलखिलाकर हँस पड़ी।

"आप जैसी हॉट मालकिन हो, तो मैं हमेशा इस चेन से बंधा रहूँ।" कुणाल ने माया से नज़रें चार करते हुआ कहा।

माया ने चाबुक उठाया और उसकी बाजू पर दे मारा, "नजरें नीची और तभी मुँह खोलो जब कुछ पूछा जाए।"

कुणाल ने तुरंत आँखें झुका लीं। "गलती हो गई मैडम।" एक पल को वह भूल ही गया था कि मालकिन और गुलाम के इस कामुकता के खेल में गुलाम तो गूंगा होता है और सिर्फ अपनी मालकिन की आज्ञाओं का पालन करता है।

"अब तुम मेरे पालतू कुत्ते की तरह मेरे पीछे-पीछे आओ।" माया बोली और चेन पकड़ कर कमरे का चक्कर लगाने लगी। वह आगे-आगे और उसका गुलाम घुटनों और हाथों के बल उसके पीछे-पीछे। कुणाल की आँखें माया के सुडौल नितंबों पर टिक गई जिसे माया की पतली सी पैंटी आधी भी नहीं ढक पाई थी। माया के नितंब उसकी मदमस्त चाल से लय मिलाते दिख रहे थे।

उफ्फ़! क्या बला है ये। बाहरी दुनिया को तो पता भी न हो कि शालीन सी दिखने वाली इतनी कामयाब महिला असल में काम-वासना की प्रतिमूर्ति है। क्यों कोई इसकी गिरफ्त से आजाद होना चाहेगा जब तक कि खुद इस मनमोहिनी का मन न भर जाए। कुणाल ने सोचा।

माया कमरे का चक्कर लगाती हुई वापस कुर्सी पर आकर बैठ गई। उसने कॉलर चेन एक तरफ रख दिया और अपने हाथ पीठ पर ले जाते हुए अपनी ब्रा के हुक्स खोल दिए। अगले ही क्षण उसकी ब्रा जमीन पर थी और जवानी से भरे उसके रसीले उभार बेशर्मी से कुणाल को ताक रहे थे। कुणाल के दिल की धड़कने जैसे एक पल को रुक गईं। उसका मन उन रसीले फलों का स्वाद लेने को बेताब हो उठा। पर वह तो गुलाम था और मैडम के हुक्म की सिर्फ प्रतीक्षा कर सकता था। तभी माया ने एक आदेश दिया।

"मेरी पैंटी उतारो और अपने होंठ और जिह्वा का जादू दिखाओ।"

कुणाल काफी उत्तेजित हो चुका था और इस पर से मैडम के इस ऑफर ने उसके बदन में जैसे तगड़ा ड्रग इंजेक्ट कर दिया। उसने झट से माया की पैंटी खींचकर उतार दी और अपने प्यासे होंठ माया की जांघों के संधिप्रदेश पर रख दिया। माया पूरी तरह से नम हो चुकी थी। कुणाल ने किसी तड़पते पुराने आशिक की तरह माया के उस खूबसूरत गुलाबी गहने पर चुंबन की झड़ी लगा दी। कुणाल के होंठ और जीभ बारी-बारी से माया को चूमते और प्यार की थपकियाँ देते रहे।

"ओह गॉड, कुणाल, जस्ट ईट मी अप!" माया बुदबुदाई और जोर से आहें भरने लगी।

कुणाल एक आज्ञाकारी गुलाम की तरह अपनी मालकिन को आनंद दे रहा था, भरपूर आनंद!

तभी माया ने उसे अपने आप से दूर किया। "कम टू बेड माई स्लेव।" कहकर माया उठ खड़ी हुई। कॉलर चेन को थामे माया कमरे में एक कोने में रखे बिस्तर के पास आ गई। कुणाल ने देखा बिस्तर के चारों कोनों में खंभों से चेन लगे हुए थे; कामुकता के इस खेल को शायद बिस्तर पर अंजाम देने के लिए।

माया की उत्तेजना चरम पर थी और अब बस उसे एक दमदार ऑर्गेज़्म की चाहत थी। उसने स्लेव–कॉलर और चेन कुणाल के गले से हटा दी और फिर एक आदेश दिया, आज के इस खेल का अंतिम आदेश।

"बिस्तर पर सीधे होकर लेट जाओ।"

कुणाल ने झट से आदेश का पालन किया और लेट गया।

माया ने कुणाल के हाथ-पाँव बिस्तर के चारों कोनों में लगे चेन की हथकड़ियों से बांध दिए। माया ने कुणाल पर एक भूखी शेरनी सी नजर डाली और तुरंत उसके ऊपर आकर बैठ गई। माया के नितंब सूरज के शेर को दबा रहे थे; उसकी भूख को और बढ़ा रहे थे। माया सूरज की बलिष्ठ छाती को दीवानी सी चूमने लगी।

माया कुणाल के ऊपर फिर इस तरह झुकी कि उसके सुडौल कसे हुए उभार कुणाल के मुँह के बिल्कुल सामने लटकते हुए उसे रसपान का आमंत्रण देने लगे। कुणाल से रहा नहीं गया और यह भूलते हुए कि वह गुलाम है, माया के रसीले फलों का चाव से रसास्वादन करने लगा। इस बार माया ने कोई आपत्ति नहीं जताई। अब तो बस उसे चरमसुख की ख्वाहिश थी।

माया फुसफुसाई, "नाउ आय विल राइड यू, माय स्लेव!" ये कहकर माया ने अपने नितंब थोड़े ऊपर उठाए और फिर धीरे से कुणाल के सख्त औज़ार के ऊपर आ गई।

कुणाल अब माया में समा चुका था। माया धीरे-धीरे अपने नितंबों को हिलाने लगी, जैसे कि वह कुणाल की मर्दानगी को पीस रही हो। माया की रफ्तार तेज हुई और फिर माया ऊपर-नीचे होने लगी। कुणाल का शेर माया की गहरी, अंधेरी गुफा में गोते लगा रहा था। दोनों लंबी साँसे ले रहे थे और माया के गले से कामुकता के रस में भीगी आवाजें छूट रही थीं। यौन-सुख में सनी माया की कराहें कुणाल को किसी लयबद्ध संगीत सी प्रतीत हो रही थीं। ऐसे में कुणाल का लोहा और गरम हो

गया, बिल्कुल पिघलने को तैयार ! कुणाल माया के प्रयत्नों को सहयोग देते हुए उसे नीचे से धक्के देने लगा और तभी कुणाल का हथियार माया के संवेदनशील बिन्दु से जा टकराया।

माया के गले से उन्माद भरी एक चित्कार निकली। "आह..."

लेकिन माया रुकी नहीं। उसे तो लंबे ऑर्गेज़्म की चाहत थी। दोनों लय में लय मिलाते रहे और कुछ ही क्षणों में कुणाल और माया दोनों को मिल गया वह परम आनंद जिसकी लालसा दोनों प्यासे बदनों में थी। दोनों आनंदित, तृप्त और संतुष्ट हो चुके थे।

कुणाल ने ऐसे बेहतरीन और सुखदायी ऑडिशन की कल्पना शायद कभी नहीं की थी। वह ऑडिशन में सफल हो गया था और अब माया की फिल्म का हीरो था।

अपनी कहानी का ये अंश सुनाते-सुनाते नव्या के चेहरे के भाव भी नशीले से हो गए। उसने मेघा की तरफ देखा जो पूरी तरह से कहानी के उस दृश्य में कहीं खोई हुई थी।

"क्या बवाल लिखा है तूने नव्या ! ये सुनकर तो मेरा मन पागल सा हो गया है। बदन की ख्वाहिशें ज़ोर मारने लगी हैं !" कहते हुए मेघा की आँखें चमक उठीं।

"कामुक रोमांस तो वही है जो सोये हुए अरमानों को जागृत कर दे !" नव्या की आँखों में एक शरारती चमक थी।

"सही बात, गुरु। और अब उफान मारते अपने अरमानों पर मुझे ठंडा पानी मारना पड़ेगा।" मेघा ने एक ठंडी आह लेते हुए कहा।

"फिलहाल तो तू मेरे लिए एक ग्लास चिल्ड पानी लेकर आ।" नव्या हँस पड़ी।

अध्याय 6

एक कप कॉफी के साथ घर के हरे-भरे लॉन में बैठी नव्या अपने नॉवेल के ही बारे में सोच रही थी। पूरी पांडुलिपि मेल किए हुए कुछ दिन हो चुके थे और अब वह बेसब्री से अपने प्रकाशक और संपादिका की प्रतिक्रिया का इंतज़ार रही थी। वैसे आज घर में काफी शांति थी। मानवी पिछले महीने ही अपने पति के पास जा चुकी थी। आरव अपने दादा-दादी के साथ उनके किसी मित्र के घर गया हुआ था और विवान मिठाई की फैक्ट्री गए थे। नव्या तसल्ली से लॉन में ही बैठकर कुछ लिखने का सोचने लगी; शायद अपनी अगली पुस्तक जिसकी कहानी उसने सोच लिया था! तभी नव्या का फोन बजने लगा।

तारा का कॉल था। नव्या ने तुरंत फोन उठाया।

"नव्या, मैंने तुम्हारी पूरी मैनुस्क्रिप्ट पढ़ ली है..."

तारा अपनी बात अभी पूरी भी नहीं कर पाई थी कि नव्या उत्साहित हो पूछ पड़ी, "कैसी लगी आपको?"

"शानदार, जबरदस्त, लाजवाब!" तारा का त्वरित उत्तर आया और नव्या की बांछे खिल उठीं। जब संपादिका इन शब्दों में हौसला-अफ़ज़ाई करे तो लेखिका का मन बुलंद होना तय है!

तारा ने आगे कहा, "तुमने माया का जबरदस्त चित्रण किया है। उसके प्रेम-प्रसंग, उसकी कामलिप्सा और अंतरंग लम्हों का कितना खूबसूरत वर्णन किया है तुमने। और कहानी का ट्विस्ट तो पाठकों को पुस्तक खत्म करने के बाद भी कहानी का स्वाद देता रहेगा। हमें जिस तरह के कामुक उपन्यास की उम्मीद थी, बिल्कुल वैसी ही है ये किताब। सबसे अच्छी बात यह है कि कामुकता के साथ-साथ तुमने अंतर्मन की भावनाओं को बखूबी उभारा है। यही हमें चाहिए। साहनी जी ने तो इसे पहले ही बेस्टसेलर घोषित कर दिया है। बस तुम अब अपना अगला उपन्यास लिखना शुरू कर दो। वैसे एक बात बताऊँ, तुम्हारी मैडम माया की सेक्सी बातें और वाइल्डनेस पढ़कर मुझे बहुत मज़ा आया!" अंत के वाक्य कहते हुए तारा हँस पड़ी।

जिस अंदाज में तारा ने 'सेक्सी बातें और वाइल्डनेस' कहा, नव्या को भी हँसी आ गई। तारा साहनी जी की तरह ही बेबाक थी और अपने काम में काफी दुरुस्त!

तारा और नव्या की कुछ देर और बातें होती रहीं।

तारा से बात करके नव्या का मन काफी प्रसन्न हो उठा था। उसने अपने लेखन में कामुकता की एक नई शुरुआत की थी और उस नई शुरुआत के लिए संपादिका से सराहना मिलना, उत्साहवर्धक था।

नव्या अपना लैपटॉप बाहर लॉन में ही ले आई और अगला उपन्यास लिखना शुरू कर दिया। यहाँ कहानी की शुरुआत ही नायक और नायिका के एक प्रेम दृश्य से होती है और यह कहानी के लिए उपयुक्त भी थी। कहानी थी 'लवसूत्र'।

लुभावने व्यक्तिव और तराशे हुए जिस्म की मालकिन मोहिनी फ्लोरल शिफॉन की साड़ी में बेहद खूबसूरत लग रही थी। होंठों पर पिंक मैट लिप्स्टिक, आँखों में पतली सी काजल की एक परत, कानों में पर्ल की इयररिंग; मोहिनी किसी अप्सरा से कम नहीं थी। पैसे और लाइफस्टाइल के मामले में भी किसी रानी से कमतर नहीं थी।

मोहिनी एक छोटे से घर के सामने आकर खड़ी हो गई। उसने अगल-बगल देखा, कोई नहीं था। मोहिनी ने दरवाजे पर दस्तक दी और तुरंत ही दरवाजा खुल गया, जैसे उसके आने का ही इंतज़ार हो रहा था। एक लंबे बलिष्ठ परफेक्ट ऐब्स वाले युवक ने, जिसकी छाती नंगी थी और नीचे पतलून था, दरवाजा बंद किया और मोहिनी को अपनी बाँहों के आलिंगन में समेट लिया।

"कब से इंतज़ार कर रहा था तुम्हारा।" उसने मोहिनी के पके संतरे जैसे रसीले होंठों का चुंबन लिया।

"मैं चैरिटी इवेंट से सीधा यहीं तुम्हारे पास आ रही हूँ।" मोहिनी के गुलाबी होंठों पर एक मनमोहक मुस्कान थी। "पिछले एक हफ्ते से तुमसे अकेले में मिल नहीं पाई थी। दिल बेताब था, मन मचल रहा था लेकिन बस मौका ही नहीं मिल पा रहा था।"

"मैं इंतज़ार के अलावा कर ही क्या सकता हूँ? आप मेरी बॉस और मैं आपके इतने बड़े एस्टेट में काम करने वाला अदना सा कर्मचारी।" युवक ने नटखटी मुस्कान लिए कहा।

"बॉस और कर्मचारी दुनिया के लिए होंगे हम। मेरे लिए तो तुम बेहद खास हो।" मोहिनी ने झुककर उसकी नंगी छाती को चूम लिया।

"कितना खास?" युवक के हाथ फिसलकर मोहिनी के नितंब पर आ गए। उसने मोहिनी के नितंबों को दबाते हुए उसे अपने और करीब खींच लिया।

"इतने खास कि मेरे दिलों-दिमाग पर सिर्फ तुम्हारा सुरूर छाया रहता है,

सूरज। रात में बिस्तर पर मेरे ख्यालों में सिर्फ तुम होते हो, मुझे चूमते हुए, मेरे अंग-अंग से खेलते हुए, मुझे चरमसुख देते हुए...”

दोनों की बेकाबू सांसें एक दूसरे से टकराने लगीं और फिर सूरज ने मोहिनी की साड़ी का पल्लू खींच लिया। सूरज की आँखें मोहिनी के स्लीवलेस ब्लाउस की लंबी नेकलाइन पर टिक गईं। जवानी से भरे उसके उभार पिंजरा तोड़कर आजाद होने को मचल रहे थे। सूरज ने मोहिनी की साड़ी खोलकर अलग कर दी। मोहिनी अपनी नशीली-मतवाली आँखों से सूरज के प्यासे तन-मन को एक खुला आमंत्रण दे रही थी – ‘आ, कर ले जी भर के प्यार!’

प्यार और लस्ट का जबरदस्त मिश्रण थी मोहिनी। भला कौन इस शोख हसीना के आकर्षण से दूर रह सकता था?

मोहिनी के व्यक्तित्व की कल्पना कर नव्या मुस्कुरा उठी। माया की तरह वह भी खूबसूरत और सशक्त स्त्री थी। लेकिन जहाँ माया का दिल कई आशिकों से होता हुआ अंत में सच्चे प्यार पर आकर थमता है वहीं मोहिनी का प्यार शुरू से ही सिर्फ और सिर्फ सूरज था। नव्या अपने नायक और नायिका के हर प्रेम-प्रसंग को कुछ नयापन देती जिससे कि पाठकों को बोरियत न लगे। इस बार भी उसकी कोशिश यही थी कि माया की प्रेम-क्रीड़ा की छाप इस उपन्यास में मोहिनी और सूरज के मधुर लम्हों पर कहीं न दिखे। इसका ध्यान रखते हुए उसने इस बार नायक और नायिका के पहले कामुक प्रसंग में स्ट्रॉबेरी और क्रीम का फूड-प्ले डाल दिया। नव्या की कोशिश यही होती कि पाठकों को उसकी किताबों में पुनरावृति न लगे और हर बार नायक और नायिका की प्रेम-क्रीड़ा उन्हें एक नया अनुभव दे!

उपन्यास का पहला अध्याय लिखने के बाद नव्या ने अपना लैपटॉप बंद किया और अपनी जगह पर रख दिया। नव्या अपनी नई किताब की शुरुआत करके काफी खुश थी। इस खुशी के बीच उसे बेसब्री से मैडम माया की कहानी छपकर बाहर आने का इंतज़ार था। किताब प्रिंट में जा चुकी थी और कुछ ही दिनों में बाजार में उपलब्ध होने वाली थी।

क्वीन

नव्या कॉफी के एक कप के साथ, पाठकों द्वारा दी गई अपनी किताब की प्रतिक्रिया फोन पर पढ़ रही थी। 'मैडम माया की दुनिया' छपकर आए हुए लगभग एक महीना होने को आ रहा था और अब उसके काफी रिव्यूज़ भी आ गए थे। किताब के रिव्यूज़ पढ़कर नव्या का दिल गदगद हो उठा। लोग क्वीन की लेखनी को काफी सराह रहे थे। आलोचना करने वालों की भी कोई कमी नहीं थी। लेकिन नव्या को इससे कोई फर्क नहीं पड़ता था। जब ऐसी मिश्रित प्रतिक्रियाएँ आने लगें, सोशल मीडिया पर जगह-जगह दिखने और साझा होने लगें तो समझो किताब ने खलबली मचा दी। कई लोगों ने तो उसे फैन मेल भी किया था। अपने पाठकों से जुड़ने के लिए एक अलग ईमेल आईडी बनाकर नव्या ने किताब के बैक कवर पर डलवा दी थी। साथ ही उसने सभी सोशल मीडिया पर क्वीन नाम से अकाउंट भी बना लिया था।

किसी एक पाठक ने तो उसे एक ऐसी मेल भेजी थी कि पढ़ते ही वह मुस्कुरा उठी। लिखा था...

"आपकी माया किताब खत्म होने के बाद भी मेरे दिल पर छाई हुई है। उसका लव और लस्ट दोनों ही लाजवाब हैं। किताब पढ़ते हुए ऐसा लगा जैसे मैडम माया का एक-एक कामुक खेल चलचित्र की तरह आँखों के सामने रील हो रहा हो और सच बोलूँ तो एक-एक दृश्य मुझे इतना उत्तेजित कर गया कि अंदर के ज्वार को शांत करने के लिए मुझे अपनी गर्लफ्रेंड के पास जाना पड़ा। क्वीन, आप बस लिखते रहिए!"

मेल पढ़ते हुए नव्या मंद-मंद मुस्कुरा उठी। सारे रिव्यू देखकर ऐसा प्रतीत हो रहा था कि किताब अच्छी बिक रही थी लेकिन जब तक प्रकाशक महोदय कुछ पुख्ता ना बताएँ, तब तक उत्सुकता तो बनी रहेगी। नव्या सोच ही रही थी कि प्रकाशक का फोन आ गया।

"नव्या जी, आपकी मैडम माया तो धमाल मचा रही है।" अमित साहनी ने नव्या को उत्साहित स्वर में बताया।

"वाकई?" नव्या की आवाज में खनक थी।

"किताब हॉट केक की तरह बिक रही है। हमें जल्द ही किताब रीप्रिंट के लिए भेजनी होगी। लोग जानने को उत्सुक हैं कि आखिर ये क्वीन है कौन जिसने इतना बिंदास लिखा है कि लोगों की सुषुप्त इच्छाएँ भी जागृत हो उठें।" अमित साहनी

ने एक सांस में कहा।

नव्या का मन खुशी से झूम उठा। उसे इतनी सराहना तो अपनी पिछली दोनों किताबों के लिए कभी नहीं मिली थी। वैसे मैडम माया और उसकी दुनिया की रचना करते हुए उसे काफी आनंद आया था। इतना आनंद तो अपने पिछले उपन्यासों के किसी किरदार को उभारने में नहीं आया था। लेखन की इस विधा में उसका प्रयास सफल हो गया!

"एक लेखक की किताब इतनी जल्दी रीप्रिंट में जाए, इतने फैन मेल्स आएँ और हर तरफ इतनी चर्चा हो तो इससे बढ़िया बात और क्या हो सकती है?" नव्या ने खुशी से चहकते हुए कहा।

"अच्छा आपने अगला उपन्यास लिखना शुरू कर दिया है न?"

"हाँ, हाँ, बिल्कुल।"

"नव्या, आप हमारे ऑफिस आ जाइए। हम आपके साथ अगली तीन किताबों का अनुबंध करना चाहते हैं और साथ ही आपको एडवांस भी दे देंगे।" साहनी ने कहा।

उसकी किताबों को छापने के लिए इतना बेताब तो साहनी जी पहले कभी नहीं दिखे थे। पहले की किताबों के लिए तो उसे प्रकाशक को कई बार मेल, कॉल और मैसेज करने पड़ते थे। लेकिन अब तो जैसे सब कुछ बदल गया था। "मैं अगले हफ्ते आपके ऑफिस आती हूँ।" नव्या ने कहा।

"आपकी लोकप्रियता का ग्राफ इस कदर बढ़ रहा है कि मुझे डर है कहीं आप हमें छोड़कर किसी और प्रकाशक के साथ अनुबंध न कर लें।"

"अरे साहनी जी आप चिंता न करें। मैं कहीं नहीं जा रही। मैं आप के साथ ही कॉन्ट्रैक्ट साइन करूँगी।" नव्या ने हस्ते हुए कहा।

दोनों की बातें खत्म हो गईं और नव्या ने फोन रख दिया। नव्या का दिल मोर की तरह आह्लादित हो नाच रहा था।

***

नव्या ने अपने बालों को ब्लो ड्राई किया और हल्का सा मेक-अप कर लिया। आज उसे अपने प्रकाशक के ऑफिस जाना था। साहनी जी ने सुबह एक बार फोन करके सुनिश्चित भी कर लिया था कि वह आ रही है। उसके प्रकाशक को वाकई जल्दी थी उससे कॉन्ट्रैक्ट साइन करवाने की।

नव्या ने अपना हैंडबैग उठाया और कमरे से बाहर आ गई। घर से कहीं बाहर आने-जाने पर उसे कोई रोक-टोक नहीं थी और इस बात के लिए नव्या अपने आप

को खुशकिस्मत समझती थी। उसे जहाँ भी जाना होता, ड्राइवर हाजिर हो जाता। लेकिन ज्यादातर उसे खुद ही ड्राइव करना पसंद था।

नव्या प्रकाशक के ऑफिस पहुँची और देखा साहनी जी किसी से बातें कर रहे थे। साहनी के वर्क-टेबल से थोड़ी दूर सोफे पर दो लोग और बैठे थे, शायद उनसे मिलने के लिए। उसमे से एक जिसे वह जानती थी, लेखक था। तभी साहनी की नजर नव्या पर पड़ी और उसने मुस्कुराते हुए हाथ हिलाया। अगले दो से तीन मिनट में उन्होंने बातचीत खत्म कर ली।

"नव्या, आ जाइए। मैं आपका ही इंतज़ार कर रहा था।" साहनी ने सोफे पर बैठे दोनों लोगों को अनदेखा करते हुए कहा।

नव्या साहनी की वर्क-टेबल के पास आ गई और कुर्सी खींचकर बैठ गई। साहनी ने तुरंत ऑफिस बॉय को बुलाया और दो कप कॉफी लाने को कहा। इतनी इज्जत तो साहनी ने पहले कभी नहीं दी थी उसे। ये 'मैडम माया की दुनिया' का ही असर था जिसने उसकी दुनिया में बदलाव ला दिया था, एक खुशनुमा बदलाव!

"नव्या, आपकी पुस्तक रीप्रिंट में चली गई है। आपकी पुस्तक को फिर से स्टॉक करने के लिए बुक स्टोर्स से डिमांड आ रही है। रोमांस की रानी बन गई हैं आप।" साहनी ने कहा।

"मैं नहीं, क्वीन!" नव्या ने हस्ते हुए कहा।

"नाम ही जब क्वीन है, तो क्या कहना! बाकियों के लिए यह भले ही रहस्य हो पर हमें तो पता है हमारी क्वीन कौन है।" साहनी ने मज़ाकिया अंदाज में कहा।

तभी ऑफिस बॉय कॉफी लेकर आ गया।

"कॉफी पीजिए। ये रहा अनुबंध और ये चेक, आपका एडवांस।" साहनी ने अनुबंध और चेक नव्या के सामने रख दिए।

कॉफी सिप करते हुए नव्या ने अनुबंध के बिंदुओं को पढ़ा और हर पन्ने पर साइन करती चली गई। इस बार तो उसकी रॉयल्टी भी बढ़ा दी गई थी।

तभी तारा भी कैबिन में आ गई।

"वॉव, आज तो हमारी क्वीन आई है। तुम्हारी हाई वोल्टेज किताब काफी डिमांड में है नव्या। कल तो मुझे एक अखबार के रिपोर्टर मित्र ने फोन किया था। वह क्वीन का इंटरव्यू करना चाहता था। मैंने तो कह दिया कि लेखिका की असली पहचान नहीं बताई जा सकती। वह तब भी तुम्हारा इंटरव्यू करना चाहता था। मैंने कह दिया तुम्हारी क्वीन वाली ईमेल आईडी पर संपर्क कर ले। वैसे क्वीन के तौर पर तुम उसे लिखित इंटरव्यू मेल कर सकती हो, बिना पर्सनल फैक्ट्स बताए।"

"अभी तो बस देखते जाओ, हर कोई क्वीन को कवर करना चाहेगा।" साहनी की अनुभवी जुबान बोल पड़ी।

"ऑडियो बुक की डिमांड भी आ रही है।" तारा ने बताया।

"जल्द ही मैडम माया की दुनिया लोग सुन भी पाएँगे, सेंसेशनल आवाज़ में!" साहनी कुर्सी पर अपनी पीठ टिकाकर रिलैक्सिंग मूड में आ गए। उनके चेहरे पर उपन्यास की सफलता की संतुष्टि थी।

नव्या को सब कुछ बहुत सुहावना सा लग रहा था। निजी ज़िंदगी भले ही उजाड़ हो पर किताब की कामयाबी ने खुशी का एक अलग ही रंग ज़िंदगी के कैनवास पर चढ़ा दिया था।

क्वीन

अध्याय 8

"भाभी आपका पार्सल आया है।" सुनीता एक पैकेट लेकर नव्या के कमरे में आई।

नव्या खुशी से उछल पड़ी। "अरे वाह, लाओ इधर।" नव्या ने पैकेट लपक लिया। वह पैकेट खोलने ही वाली थी कि देखा सुनीता अभी भी वहीं खड़ी थी और उसके चेहरे पर उमड़ आई इस खुशी की वजह जानने की कोशिश कर रही थी।

सुनीता ने कौतूहलवश पूछा, "इसमें क्या है भाभी?"

नव्या ने अपनी खुशी को थोड़ा काबू हुए कहा, "वो...एक किताब मँगवाई है। बहुत दिनों से मिल नहीं पाई थी; अब जाकर हाथ आई है।"

सुनीता को कुछ समझ नहीं आया कि एक किताब मिलने की इतनी खुशी और वह कमरे से बाहर चली गई। उसके जाते ही नव्या ने झट से दरवाजा बंद किया और पैकेट फाड़ने लगी। उसने साहनी जी को पैकेट घर पर ही भिजवाने को कह दिया था। वह निश्चिंत थी कि उसका पार्सल कोई भी नहीं खोलेगा।

पैकेट के अंदर से एक चमचमाती लाल रंग की किताब निकली जिसपर एक आकर्षक नवयौवना की फोटो थी और किताब के आवरण पर ऊपर लिखा था 'लवसूत्र' और नीचे लेखिका का नाम 'क्वीन'। नव्या की दूसरी कामुक रोमांस 'लवसूत्र' भी अब छप चुकी थी और बाजार में उपलब्ध थी। नव्या ने नम आँखों से किताब पर हाथ फेरे और अपनी नायिका को प्यार से देखा। तो अब माया के बाद मोहिनी भी धमाल मचाने और लोगों के दिलों पर राज करने आ गई थी।

नव्या ने शेल्फ पर किताबों के पीछे छिपा रखी 'मैडम माया की दुनिया' भी निकाल ली। उसने माया और मोहिनी दोनों को टेबल पर अगल-बगल खड़ा करके रखा और गर्व से अपनी सृजित नायिकाओं को दखती रही।

"क्वीन, तुम्हें दूसरी किताब की बधाई।" नव्या ने मुस्कुराते हुए खुद को बधाई दी। फिर वह सोचने लगी कि काश ऐसा हो सकता कि वह अपने पाठकों के सामने आ सकती और अपनी किताबों की हस्ताक्षरित प्रतियाँ अपने हाथों से दे सकती। काश विदेशी लेखिकाएँ ईएल जेम्स और सिल्विया डे की तरह वह भी अपनी असली पहचान के साथ अपने पाठकों से रूबरू हो सकती। खैर कोई बात नहीं, फिलहाल तो क्वीन को बधाइयाँ!

कुछ देर तक नव्या अपनी दोनों किताबों को प्यार से निहारती रही, फिर

उठाकर दोनों को शेल्फ पर किताबों के बीच कहीं छुपाकर रख दिया।

किताब प्रकाशित हुए अभी कुछ दिन ही हुए थे कि 'लवसूत्र' काफी लोकप्रिय हो चुकी थी। नव्या इत्मीनान से बैठकर अपने पाठकों के मेल्स पढ़ने लगी। रोज उसके पास कई मेल्स आते थे। बीस-इक्कीस साल के पाठकों से लेकर अधेड़ उम्र के लोग; हर कोई उसकी किताब पढ़ता था। सोशल मीडिया पर उसके काफी फॉलोवर्स भी हो गए थे। इनबॉक्स में मैसेज की जैसे बाढ़ आई होती थी। इन सब में कुछ ठरकी किस्म के लोग भी थे जो उससे अंतरंग चैट करने को उतावले रहते थे। शायद ये सोचकर बैठे थे कि कामुक उपन्यास लिखती है तो बस वैसी ही बातें करेगी।

"कुछ लोग गलतफहमियाँ पाल लेते हैं।" सोचकर नव्या धीमे से मुस्कुराई। मर्डर मिस्ट्री लिखने वाला लेखक कत्ल का तजुर्बा लेकर तो लिखने नहीं बैठता और न ही कामुक उपन्यास का लेखक काम-वासना का प्रतीक होता है! और अगर बोल्ड रोमांस लिखने वाली कोई स्त्री है, फिर तो लोगों की उत्सुकताएँ कई गुणा बढ़ जाती हैं!

नव्या ने क्वीन के फेसबुक पेज पर लॉग इन किया और देखा इनबॉक्स में ढेरों मैसेज पड़े थे। उसने मैसेज पढ़े और जो भी उत्तर देने लायक लगा, उसे उत्तर दे दिया। फिर एक मैसेज पर नजर पड़ी।

लिखा था – "कभी अपनी फोटो भी दिखाओ हमें। इतना बेहतरीन रोमांस लिखकर दिल की धड़कनें तेज करने वाली आखिर दिखती कैसी है?"

मैसेज पढ़कर नव्या मुस्कुरा उठी। थोड़ी चैट की जाए इस महाशय से, नव्या ने सोचा।

नव्या ने लिखा –"शक्ल में क्या रखा है जब मेरे शब्द ही काफी हैं आपकी दिल की धड़कनें बढ़ाने लिए।"

मैसेज आया – "तुमने नायक और नायिका की प्रेम-क्रीड़ा का कामोत्तेजक वर्णन किया है...अलग-अलग जगहें, अलग-अलग आसन, आउटडोर, इनडोर, हर जगह प्रेम और रतिक्रिया का लाजवाब वर्णन है। अच्छा ये बताओ, तुमने जो इतना सब कुछ लिखा है, खुद भी तो अनुभव किया होगा ये सब? नहीं तो इतना जबरदस्त कैसे लिख पाती? वैसे कौन है तुम्हारा पार्टनर जिसके संग इतने एडवेंचर करती हो?"

नव्या सोच में पड़ गई कि क्या जवाब दे। उसकी ज़िंदगी में प्यार और सेक्स का अकाल पड़ा था और बहुत इंतजार बाद कभी कुछ होता भी तो कब-शुरू-

हुआ-कब-खत्म-हुआ टाइप सेक्स के अलावा और कुछ नहीं। वैसे अपने पाठक को वह कह भी नहीं सकती थी कि किताबों में किए गए सारे वर्णन सिर्फ उसकी कोरी कल्पनाएँ थीं जिसे शब्दों में पिरोते-पिरोते कई बार उसकी खुद की चाहतें भी मचलने लगतीं और फिर बेरहमी से वह अपनी इन चाहतों को कुचल देती थी। और कर भी क्या सकती थी? एक खोखली सी हँसी नव्या के होंठों पर आ गई।

नव्या ने एक छोटा सा जवाब लिखा – "मेरा बॉयफ्रेंड"। और फिर अपने इसी जवाब पर हँस पड़ी।

उत्तर आया – "आपके बॉयफ्रेंड से अब मुझे जलन हो रही है। वैसे हम भी बुरे नहीं हैं। बॉयफ्रेंड से कभी ब्रेक-अप हो तो हमें याद कर लेना।" और उसने बड़ी स्माइली चिपका दी।

बस, आ गया यह अपने असली रंग में। मेन विल बी मेन! नव्या ने चैट बॉक्स बंद कर किया और अपने काम में लग गई।

"व्हाट अ प्लेजेंट सरप्राइज, नव्या? अच्छा हुआ तू आ गई।" कहते हुए मेघा नव्या को अंदर ले आई।

"मैसेज पर तूने बताया था कि वर्क फ्रॉम होम कर रही है और अंकल-आंटी तीरथ यात्रा पर निकले हैं। मैं घर से वैसे भी शॉपिंग के लिए निकली ही थी, तो सोचा क्यों न तुझसे मिलती आऊँ।"

"अच्छा किया आ गई। अब दोनों गर्ल्स टॉक करेंगे।" मेघा ने आँखें मटकाते हुए कहा।

"वैसे ये बहुत अच्छी बात हुई कि तेरे प्रोजेक्ट की अवधि एक साल और बढ़ गई। तुझे इंदौर में और लंबे समय तक रहने का मौका मिल गया।"

"हाँ, ये बात है। वैसे भी सरकारी प्रोजेक्ट्स कहाँ इतनी जल्दी खत्म होते हैं?" ये कहते हुए मेघा ने गौर से नव्या को निहारा और फिर कहा, "न्यू हेयरकट? और तेरा चेहरा भी खुशनुमा सा लग रहा है...क्या बात है? लगता है विवान तेरे प्रेमपाश में वापस बंध गया है!" मेघा ने हस्ते हुए कहा।

"काश ऐसा हो पाता?" कहते हुए नव्या सोफ़े पर बैठ गई और शॉपिंग बैग्स को बगल में रख दिया। "अपनी तरफ से पति को पाने की कोशिश जारी है लेकिन अब मैं ये भी समझ रही हूँ कि ज़िंदगी की सारी खुशियाँ एक जगह केंद्रित नहीं की जा सकतीं। मेरे खुशनुमा मिजाज की वजह मेरी किताबों की सफलता है। मेरी शादीशुदा ज़िंदगी भले ही ग़मगीन हो पर मेरी लेखनी मुझे जिंदादिल जरूर रखे हुए है।"

"ये बहुत अच्छी बात है; हर स्त्री को यह समझने की जरूरत है कि अपने आप में घुटते रहना और तिल-तिल कर खुद को खत्म कर देना, बेवकूफी है बस। तलाशने से तो कहीं न कहीं खुश होने की वजह मिल ही जाती है।"

"अच्छा मेरी नई किताब 'लवसूत्र' पढ़ी तूने?"

"हाँ, तेरी मोहिनी अभी भी मेरे दिलों-दिमाग पर छाई है। क्या जबरदस्त किरदार गढ़ा है तूने! उसे जब पता चला कि उसका प्रेमी कुछ खास मकसद से उसकी ज़िन्दगी में आया था तो जिस तरह उसने सब कुछ चतुराई से संभाला, काबीले तारीफ है। मैं तेरी नायिकाओं की फैन हो गई हूँ। कामुकता एक तरफ, तुम्हारी किताबों की खासियत है सशक्त नायिकाएँ। उन्हें भली स्त्री कहें या बुरी;

उन्हें पता है ज़िंदगी में उन्हें क्या चाहिए! आय लव दैट!”

“धन्यवाद मेरी प्यारी सखी, मेरा हौसला बढ़ाने के लिए। एक तू ही है जिससे मैं खुलकर सब कुछ शेयर करती हूँ।”

“दोस्त किसलिए होते हैं?” मेघा मुस्कुराई।

“एक अच्छी खबर है - मेरी दोनों किताबों पर वेब सीरीज की बात चल रही है। जल्द ही सबकुछ तय हो जाएगा और शायद इनकी स्क्रीन राइटिंग भी मैं ही करूँ।” नव्या ने अपनी सखी को बताया।

“वॉव, ये तो माइंड ब्लोइंग न्यूज है यार।” फिर थोड़ा सोचती हुई मेघा ने आगे कहा, “और ये सब कुछ तू क्वीन के नाम से करेगी या अब अपनी असली पहचान लोगों के सामने रखेगी?”

“असली पहचान बताऊँगी तो घर में भूचाल आ जाएगा। विवान तो मुझे घर से ही निकाल देंगे।” नव्या कहते-कहते हँस पड़ी।

“ये बड़ी अजीब विडंबना है। कोई अपने काम की प्रसिद्धि पा रहा है और तब भी उसे अपनी रियल आइडेंटिटी छिपानी पड़ रही है! कब तक ऐसा चलता रहेगा, नव्या? कभी न कभी, किसी न किसी तरह तो ये सामने आएगा ही।”

“मेरी निजी ज़िंदगी की फिलहाल की परिस्थितियों को देखते हुए मुझे नहीं लगता कि ये बात मेरे घरवालों के सामने आनी चाहिए कि मैं ही क्वीन हूँ। भविष्य का मुझे नहीं पता क्या होगा। मैं इतना जानती हूँ कि क्वीन ने मुझे एक पहचान दी है और खुश रहने की एक वजह भी...”

“अब तो तेरी अच्छी रॉयल्टी आ रही है, ऑडियो किताबें भी अच्छा कर रही हैं और अब ये वेब सीरीज भी; अपनी कमाई तू कैसे मैनेज कर रही है? घर वालों को पता नहीं चलेगा?”

“कोशिश तो यही है कि पता ना चले, सब रहस्य रहे। मैंने एक अलग खाता खोल लिया है जिसमें फिक्स्ड डिपॉजिट करवा लिया है। आगे की कमाई से कुछ एसआईपी शुरू कर दूँगी। बस यूँ ही चलता रहेगा सब कुछ।”

“वाह! वैसे तेरी सासू माँ कुछ गलत नहीं कहती हैं कि तुझमें बिजनेस की बारीकियों की समझ है। पैसे का दो से चार करना तो तुझे आता है।”

“कॉमर्स ग्रेजुएट हूँ, तो थोड़ी बहुत समझ है।” कहते हुए नव्या मुस्कुरा उठी।

“अच्छा आगे क्या लिख रही है?” मेघा ने उत्सुकता से पूछा।

“मल्लिका की कहानी। किताब का नाम अभी सोचा नहीं है।”

“माया, मोहिनी, मल्लिका...क्या बात है? म अक्षर से तुझे खासा प्यार है!”

“क्वीन को म से मोहब्बत है।” नव्या ने शोख अंदाज में कहा।

“क्या है ये मल्लिका की कहानी?

“मल्लिका एक ड्रग माफिया की पत्नी है जिसका दिल प्रतिद्वंद्वी गैंग के एक गैंगस्टर पर आ जाता है। फिर होती है शुरुआत बेलगाम प्यार के एक ऐसे खेल की जहाँ इश्क भी है और रिस्क भी।”

“सुनकर ही लग रहा है कि कहानी प्यार, लस्ट और रोमांच से लबरेज़ होगी।” मेघा ने अंदाजा लगाया।

“बिल्कुल सही। माया और मोहिनी की ही तरह, मल्लिका का भी प्यार और लस्ट दोनों बेजोड़ है।”

“तो फिर सुना अपनी कहानी का कोई हॉट और सेक्सी सा अंश।” कहते हुए मेघा की आँखें चमक उठीं।

“आज तू खुद ही पढ़। मैं बस आराम से बैठकर एक कप कॉफी पिऊँगी। पिलाएगी ना?” नव्या ने नटखटी स्वर में कहा।

“ओह, बातों में मैं तो भूल ही गई। अभी लेकर आई।” कहकर मेघा किचन की ओर चली गई।

थोड़ी देर में मेघा एक ट्रे में दो कॉफी के कप और कुछ कूकीज़ लेकर आ गई। “तेरे लिए मैंने स्पेशल ड्राई फ्रूट्स कूकीज़ बेक किया है!”

“वाह! अब तू मल्लिका और उसके प्रेमी का एक मस्त सा आउटडोर लव-मेकिंग पढ़।” नव्या ने फोन पर एक फाइल खोली और मेघा की ओर बढ़ा दिया। “और अब मैं कॉफी और कूकीज़ का आनंद लेती हूँ।”

“आउटडोर लव-मेकिंग? ये तो काफी इंट्रेसटिंग है।”

“बेडरूम, सोफ़ा, किचन काउन्टर, बालकनी, अंडर-शावर, बाथटब – इन सब से ज्यादा रोमांचक है आउटडोर प्रेम-क्रीड़ा। और इस कहानी के लिए बिल्कुल परफेक्ट, जहाँ इश्क और रिस्क साथ-साथ चलते हैं। मल्लिका अपने प्रेमी से ज्यादातर अपने एक वुडहाउस पर मिलती है जहाँ सिर्फ वो दोनों होते हैं और चारों तरफ जंगल। मल्लिका का पति जब भी कहीं शहर से बाहर जाता है, मल्लिका और उसका प्रेमी वुडहाउस के सामने बॉनफायर के पास ड्रिंक करते हैं और निर्वस्त्र हो वहीं खुले आसमान के नीचे घने जंगल में इश्क फरमाते हैं। सारी रात उनकी चाहतें जवां होती हैं।” नव्या ने मल्लिका के किरदार में डूबते हुए कहा।

“यार नव्या, प्लीज तू ही पढ़कर सुना। तू जब बोलती है न तो लगता है कहानी के पात्र खुद बोल रहे हैं...ऐसा लगता है कि मैं किसी बेहतरीन नैरेटर की आवाज में कोई ऑडियो बुक सुन रही हूँ।”

“अच्छा ठीक है, मैं सुनाती हूँ तुम्हें ऑडियो बुक।” कहते हुए नव्या हँस पड़ी। नव्या नायक और नायिका के प्रेम-प्रसंग को पढ़कर सुनाती चली गई। प्यार, काम, वासना – सभी भावनाएँ नव्या की आवाज में महसूस होने लगीं। नव्या के चेहरे के भाव भी नायक-नायिका के प्रेम के प्रवाह के साथ बदलते रहे।

कुछ देर बाद कहानी का वह अंश नव्या ने पढ़कर खत्म कर दिया। उसने अपनी कॉफी का एक सिप लिया और कहा, “सीन खत्म हो गया डार्लिंग।” नव्या ने मेघा को ख्यालों से झकझोरा।

“और मैं अभी भी खोई हूँ धरा-कंपित करने वाले उस ऑर्गैज़्म में जिसका आनंद मल्लिका अभी ले रही थी...यार नव्या, तू किस मिट्टी की बनी है? तेरे बदन में कोई झनझनाहट सी नहीं हो रही?” मेघा ने नव्या के चेहरे के भाव पढ़ने की कोशिश की।

“नहीं, लिखना तो मेरा रोज का काम है। इसका मेरी वास्तविक ज़िंदगी से कोई लेना-देना नहीं। और फिर क्यों ऐसी इच्छाओं को सुलगाना जो पूरी ही न हों? मैं बहुत कंट्रोल्ड हूँ।”

मेघा खिसककर नव्या के बिल्कुल करीब आ गई और नव्या की आँखों में झाँकते हुए कहा, “बिल्कुल पूरी हो सकती हैं अगर तू चाहे तो।”

“तू क्या कहना चाहती है मेघा? मेरे चाहने से क्या होगा?” नव्या ने एक ठंडी आह लेते हुए कहा।

“बहुत कुछ।” मेघा की आँखों में वासना का नशा था और चेहरे पर कामलिप्सा की झलक।

नव्या कुछ समझ पाती इससे पहले ही मेघा ने अपने जलते होंठ नव्या के होंठों पर रख दिए और उसके होंठों को चूमने लगी। नव्या ने तुरंत मेघा को अपने आप से अलग किया।

“मेघा, तू क्या कर रही है?” नव्या ने गुस्से में कहा।

मेघा ने झट से अपना कुर्ता अपने बदन से अलग कर दिया और नव्या के बिल्कुल करीब आ गई, “जरूरी नहीं की वजाइना की प्यास सिर्फ पेनिस वाला ही कोई बुझाए!” मेघा ने मदहोशी में कहा।

“मेघा ये सही नहीं है।” नव्या ने पीछे हटते हुए कहा।

"क्या सही नहीं है?" मेघा ने नव्या की ओर देखते हुए पूछा।

"मैं लेस्बियन या बायसेक्शुअल नहीं हूँ मेघा और तू कब से ऐसी हो गई?" नव्या को समझ ही नहीं आ रहा था कि उसकी इतनी पुरानी सखी कब से ऐसे लक्षण पाले बैठी है। कहीं ये अमेरिका में दो साल बिताने का असर तो नहीं?

मेघा ने कहना शुरू किया, "नव्या, हम हाड़-मांस के दो इंसान हैं जिन्हें ऊपरवाले ने वजाइना दिया है, बस। मर्द तो जैसे भी हो अपनी सेक्शुअल डिज़ायर पूरी कर ही लेते हैं ! तुझे क्या लगता है तेरा पति बिना सेक्स के महीनों यूँ ही रह जाता होगा? तुझे सोचना चाहिए, नव्या।" मेघा एक पल के लिए रुकी और फिर नव्या की आँखों में झाँकते हुए धीमे से कहा, "तुझे अपनी ज़िंदगी का आनंद लेने की जरूरत है बेबी। लेट मी गिव यू ऐन ऑर्गैज़्म..."

"मेघा, मैंने कहा ना ये सही नहीं है। मैं जा रही हूँ।" कहती हुई नव्या गुस्से में उठ खड़ी हुई। उसने अपना बैग उठाया और मेघा के घर से निकल गई।

क्वीन

अध्याय 10

"नव्या, तुम्हें भी धीरे-धीरे हमारे बिजनेस में शामिल होना चाहिए। मैं पहले भी कह चुकी हूँ कि तुममें बिजनेस की बारीकियों को समझने की अच्छी क्षमता है। कई बार तुमने जो सुझाव दिए हैं, काफी सटीक और तार्किक रहे हैं।" मालती देवी ने गंभीरता से कहा।

"मम्मी जी, मैं..."

इससे पहले कि नव्या अपनी बात पूरी करती, वहीं बैठी मानवी जो अभी कुछ दिनों पहले ही अपने मायके आई थी, बोल पड़ी, "क्या मम्मी? तुम कहाँ भाभी को उलझा रही हो? वो घर के किचन में ही इतनी व्यस्त रहती हैं और फिर आरव और घर का ख्याल रखना…"

विवान जो वहीं बैठा अखबार पढ़ रहा था, ने माँ के इस अजीब से सुझाव पर भौंहें सिकोड़ लीं।

"तो क्या मैंने बच्चे नहीं पाले? किचन का काम नहीं किया? और फिर मैंने शादी के बाद भी कुछ समय तक स्कूल में पढ़ाया था। बाद में धीरे-धीरे तुम्हारे पापा के बिजनेस में हाथ बटाने लगी। मैं तो सोच रही हूँ कि नव्या को हमारी कंपनी में परिवार का सदस्य होने के नाते शेयरहोल्डर बना दूँ।" मालती देवी ने एक अप्रत्याशित बात कही।

"क्या?" मानवी और विवान दोनों भड़क उठे।

"मम्मी, क्या हो गया है आपको?" विवान ने मुँह बनाते हुए पूछा।

"क्यों, मैंने कुछ गलत कह दिया क्या?" मालती देवी ने अपने दोनों बच्चों की तरफ देखते हुए सख्ती से पूछा।

नव्या को वैसे तो कारोबार में कोई खास रुचि नहीं थी। लेखन ही उसकी दुनिया थी। पर दुख उसे इस बात का हुआ कि उसके पति को ही कंपनी में उसकी हिस्सेदारी की बात रास नहीं आई!

नव्या ने अपने दुखी मन को शांत किया और चेहरे पर एक फीकी मुस्कुराहट लिए कहा, "मम्मी जी, प्लीज़ रहने दीजिए। घर में ही बहुत सारे काम होते हैं, फुर्सत कहाँ है?"

मालती देवी कुछ देर चुप रही और फिर कहा, "कुछ भी हो, पर घर का सदस्य होने के नाते, आने वाले समय में नव्या कंपनी की शेयरहोल्डर तो बनेगी ही।"

कहकर मालती देवी उठ कर चली गईं।

विवान और मानवी ने एक दूसरे को देख मन ही मन माँ के इस फैसले से नाराजगी ज़ाहिर की। लेकिन उन्हें भी पता था कि माँ का फैसला अंतिम होता है। भाई-बहन की मन:स्थिति समझकर नव्या ने वहाँ से उठ जाना ही बेहतर समझा। वह चुप-चाप अपने कमरे में आ गई। उसने घड़ी की ओर नजर डाली; आरव को स्कूल से घर वापिस आने में अभी भी काफी वक्त था। नव्या ने दरवाजा धीरे से सटा दिया और बिस्तर पर आकर लेट गई। देखते ही देखते शादी के सात साल पूरे हो गए थे लेकिन विवान में कोई बदलाव नहीं आया था। शादी के शुरुआती दो सालों की जो मीठी यादें थीं वह भी अब धूमिल पड़ने लगी थीं। विवान और उसके रिश्ते में प्यार अगर था तो सिर्फ एकतरफा; विवान के मन में उसके लिए कोई फीलिंग्स ही नहीं थी। पिछले कुछ सालों से विवान के मन में प्रेम की मृत भावनाओं को पुनर्जीवित करने की कितनी ही कोशिशें वह कर चुकी थी। अब भी बिना थके किए जा रही थी लेकिन विवान ने तो जैसे सोच लिया था कि बस दुनिया को दिखाने के लिए ही उसका पति रहेगा। दुनिया के लिए नव्या मिसेज़ विवान बिंदल और बिंदल खानदान के चिराग की माँ थी पर सच्चाई यह थी कि उसका वैवाहिक जीवन बिल्कुल बेरंग था।

क्या मालती देवी की पारखी नजरें अपने बेटे और बहु के इस बिखरे रिश्ते को समझ नहीं पाई थीं या फिर नजरंदाज करना ही बेहतर समझा था? नव्या के मन में ये सवाल आते-जाते रहते। उसने कई बार अपनी सासु माँ से खुलकर बात करने का सोचा था। लेकिन फिर परिस्थितियाँ और ज्यादा बिगड़ने का डर उसे ऐसा करने से रोक लेता। विवान के पापा को पैसा और बिजनेस के अलावा शायद ही कोई और बात सोचने का समय था। वैसे तो मालती देवी भी बहुत हद तक अपने पति की ही तरह थीं लेकिन ज्यादा व्यावहारिक थी। नव्या कई बार अपने आप को पूरे परिवार के बीच अकेला महसूस करती। अपना कहने के लिये सिर्फ उसका बेटा और लेखन ही थे। लेकिन ऐसा कब तक चलता? इसका जवाब नव्या को भी नहीं मालूम था।

नव्या और विवान के बदहाल रिश्ते की भनक किसी को हो न हो पर शायद एक इंसान को तो अवश्य थी। मानवी जिस तरह विवान और उस पर तीखी नज़रें रखती और जिस तरह आए दिन वह उससे अजीब तरह के सवाल करती, उससे तो यही प्रतीत होता था कि मानवी को दोनों के रिश्ते में कुछ तो परेशानी नजर आ रही थी। वैसे नव्या हर बार पुरजोर कोशिश करती कि मानवी के संदेह को अपने तर्कों से ध्वस्त कर दे।

नव्या बिस्तर से उठी और टेबल पर लैपटॉप खोलकर लिखने बैठ गई। उसके

सारे अनसुलझे सवालों और गमों का पेन किलर बस उसका लेखन कार्य था। नव्या की दुनिया से कहीं बेहतर और खुशनुमा क़ीन की दुनिया थी, जहाँ इश्क अपने पूरे शबाब पर होता।

नव्या ने वर्ड डॉक पर अपना उपन्यास आगे लिखना शुरू कर दिया। "मैडम माया की दुनिया" की सफलता के बाद क़ीन ने पलट के नहीं देखा था। तीन और उपन्यास आकर धमाल मचा चुके थे। क़ीन लोगों के दिलों पर राज करती थी। न जाने कितने ही उसकी लेखनी के दीवाने उसकी असली पहचान जानने की कई कोशिशें कर चुके थे पर शुक्र था साहनी जी और वेब सीरीज बनाने वालों का जिन्होंने लेखिका की पहचान को गुप्त रखा।

नव्या लिखने में मशगूल थी कि अचानक से पीछे से एक आवाज आई।

"नव्या?"

नव्या ने मानवी की आवाज सुनते ही झट से लैपटॉप बंद कर दिया। उसके दिल की धड़कनें एक दम से तेज हो गईं। क्या मानवी ने देख लिया था वह क्या लिख रही थी? नव्या घबराई सी उठ खड़ी हुई। मानवी उसके चेहरे पर उड़ती हवाइयों को ध्यान से देख रही थी।

"ऐसा क्या लिखती रहती हैं आप भाभी? आपकी तो कई सालों से कोई किताब नहीं आई है।" मानवी ने पूछा।

सवाल सुनकर नव्या को थोड़ी जान में जान आई। तो इसने कुछ नहीं देखा।

"बस यूँ समझ लो की कोई मास्टरपीस ही लिख रही हूँ जिसे सालों लग रहे हैं पूरा करने में।" वैसे नव्या को अपने इस जवाब पर मन ही मन थोड़ी हँसी भी आ गई। उसे अपनी कोई भी किताब लिखने में कुछ महीनों से ज्यादा का समय नहीं लगता। खैर जासूस बन रही इस मानवी को कुछ तो कहना ही था।

"अच्छा, इंतज़ार रहेगा आपकी इस मास्टरपीस का! वैसे मैं आपसे कुछ और बात करने आई थी।" मानवी के कहा और बिस्तर पर बैठ गई।

न जाने अब क्या पूछना है इसे, नव्या ने सोचा। आजकल जितने दिन मानवी मायके रहती, नव्या के लिए असमंजस वाली स्थिति ही होती। नव्या को कई बार ऐसा लगता कि मानवी बड़ी चतुराई से हाथ धोकर उसके पीछे पड़ी हुई हैं। नव्या वापस कुर्सी पर बैठ गई।

"मैं आजकल देख रही हूँ कि भैया रोज देर तक स्टडी में काम करते हैं और फिर वहीं दीवान पर सो जाते हैं। मुझे ऐसा क्यों लगता है कि आप दोनों के रिश्ते में सब कुछ नॉर्मल नहीं है? आप लोग जरूर कुछ छिपा रहे हैं।" मानवी की चुभती

हुई नजरें नव्या के चेहरे पर एकदम से गड़ी हुई थीं।

नव्या कुछ क्षणों के लिए चुप रही और फिर बहुत ही गंभीरता से उसने उत्तर दिया, "मानवी, जब तुम आए दिन एक-एक दो-दो महीने अपने पति को छोड़ यहाँ आकर रहती हो तो मुझे भी कई बार ऐसा लगता है कि तुम और तुम्हारे पति के बीच शायद सब कुछ नॉर्मल नहीं है।"

नव्या का ये बेधड़क और अप्रत्याशित उत्तर सुनकर मानवी बिल्कुल अवाक सी रह गई। उसने उम्मीद नहीं की थी कि ज़्यादातर शांत रहने वाली उसकी भाभी इस तरह उसे करारा जवाब भी दे सकती थी।

नव्या ने आगे कहा, "मानवी, इतना सिर मत खपाओ; सब ठीक है। अब तुम जाओ, मैं थोड़ा आराम करूँगी।"

मानवी नव्या को सख्त नज़रों से कुछ पल घूरती रही, फिर कमरे से बाहर चली गई।

नव्या ने राहत की सांस ली। लेकिन वह समझ गई थी कि मानवी अपने दिमाग का घोड़ा दौड़ाती रहेगी। इसलिए उससे काफी सतर्क रहने की जरूरत थी।

*　*　*

"पता नहीं यार माँ को क्या हो गया है? नव्या को हमारी कंपनी में शेयरहोल्डर बना दिया है और अब उसे बोर्ड ऑफ डायरेक्टर्स में भी शामिल करने वाली हैं।" विवान ने झल्लाते हुए कहा और स्कॉच की पूरी पैग गटक ली।

"तुम्हारी वाइफ ने माँ पर जादू कर दिया है।" रायना ने मुँह बनाते हुए कहा।

"यू आर राइट! माँ को ऐसा लगता है कि जैसे वो सुपरवुमन है और सब कुछ कर सकती है।" रायना के फ्लैट के टेरेस में बैठे विवान और रायना दोनों ही गहरी सांस लेकर कुछ पलों के लिए खामोश हो गए। रात हो चुकी थी पर विवान घर जाने के मूड में नहीं था।

"नव्या बहुत ही चालाक औरत है। उसे पता है कि कारोबार में तुम्हारी माँ की ही चलती है; इसलिए बड़ी चतुराई से उन्हें पटाकर रखा है। घरेलू-गँवार सी बनी रहती है पर है बहुत ही धूर्त। मुझे यकीन है कि धीरे-धीरे आगे वाले समय में वह सारा कारोबार अपने कंट्रोल में लेने की कोशिश करेगी।" रायना ने कुछ सोचते हुए कहा। विवान के चेहरे पर नव्या के लिए नफरत के भाव देखकर, रायना मन ही मन खुश हो उठी। यही तो वह चाहती थी।

"मैं घर वापस उसके पास नहीं जाना चाहता रायना। मैं तुम्हारे पास रहना चाहता हूँ...तुम्हारे आगोश में पूरी रात बिताना चाहता हूँ।" कहते हुए विवान ने

बगल में कुर्सी पर बैठी रायना का हाथ पकड़ लिया और अपनी ओर खींचा।

रायना उठकर विवान की गोद में बैठ गई और विवान ने उसे अपनी बाँहों में समेट लिया।

"आज की रात ही क्यों, तुम हमेशा मेरे पास रह जाओ विवान। तुम मेरी जान हो, मेरी ज़िंदगी हो।" रायना ने विवान के होंठों पर एक गहरा चुंबन दिया।

दोनों एक दूसरे को कुछ पलों के लिए सम्मोहित से निहारते रहे। फिर विवान ने कहा, "रायना, तुम इतने सालों से मुझपर बेपनाह प्यार लुटा रही हो। अंकल-आंटी के इतना कहने पर भी तुमने शादी नहीं की। क्यों रायना? मेरे लिए तुम अपनी खुशियों की आहुति क्यों दे रही हो?"

"मेरी खुशी तो तुम हो विवान। मैं तुम्हारे अलावा किसी और के बारे में सोच भी नहीं सकती। मुझे तुम्हारा आज भी इंतजार है और हमेशा रहेगा।" रायना ने प्यार से विवान के बालों में उँगलियाँ फेरते हुए कहा।

विवान बिल्कुल असमंजस की स्थिति में आ गया। ऐसी विषम स्थिति थी कि उसे कोई समाधान ही नहीं दिखता। नव्या को डिवोर्स देने की बात माँ से वह करने की सोच भी नहीं सकता था। माँ और पापा तो कभी तैयार नहीं होंगे और रायना के बिना ज़िंदगी कोई ज़िंदगी ही नहीं।

रायना विवान की मन:स्थिति भली-भांति समझ रही थी। लेकिन विवान को वह कैसे छोड़ सकती थी? विवान के लिए उसने इतने साल इंतजार किए और अब कैसे जाने दे सकती थी उसे?

विवान मेरा प्यार है और नव्या, तुम जबरदस्ती आई हो हमारे प्यार के बीच! मैं तुम्हें चैन से जीने नहीं दूँगी और एक दिन तुम्हें विवान की ज़िंदगी से आउट करके रहूँगी।

मन ही मन सोचते हुए रायना के चेहरे पर एक हल्की कुटिल मुस्कान तैर गई जो विवान भांप नहीं पाया। रायना उठ खड़ी हुई और विवान की ओर कामुक नज़रों से देखते हुए अपना टी शर्ट और शॉर्ट्स निकालकर कुर्सी पर रख दिया। फिर विवान के बिल्कुल करीब आकर उसके पूरे चेहरे पर अपने अधखुले होंठों से घर्षण करने लगी। साथ ही, उसके हाथ विवान की शर्ट की बटन पर आ गए। उसके अधर विवान को चूमते रहे और उसकी उँगलियाँ तीव्र गति से विवान की शर्ट के बटन खोलने लगीं। रायना थोड़ा झुकी और विवान की नंगी छाती पर अपने गीले, सुर्ख होंठों की छाप छोड़ने लगी। विवान तो वैसे ही रायना की अदाओं का दीवाना था और अब उसकी इस मदमस्त हरकत से उसके पूरे बदन में उत्तेजना की लहर

दौड़ गई। विवान घर की सारी बातें भूल गया और अब बस रायना ही रायना छाई थी उसके दिलो-दिमाग पर।

"माय सेक्सी डॉक, दिस पेशेंट नीड्स योर अर्जेंट अटेंशन!" विवान बिल्कुल मूड में आ गया।

यही तो चाहती थी रायना। विवान का मूड बदलना उसके लिए मिनटों का काम था। विवान उसका था और वो विवान की... किसी तीसरे की कोई गुंजाइश नहीं थी। रायना कभी किसी की गुंजाइश होने भी नहीं देगी!

रायना नीचे फर्श पर घुटनों के बल बैठ गई और उसकी उँगलियाँ विवान के पैंट की ज़िप पर आ गईं। देखते-ही देखते उसने विवान की पैंट और अंडरवियर दोनों उसकी टांगों से अलग कर दिए।

"अब ये डॉक्टर अपने इस मरीज को एक ऐसी दुनिया में लेकर जाएगी जहाँ मेरा ये मरीज अपने सारे टेंशन भूल जाएगा। ये डॉक्टर ऐसा बॉडी-डिटॉक्स करेगी कि मरीज का रोम-रोम पुलकित हो उठेगा!" रायना ने बेहद मनमोहक अंदाज में कहा। लस्ट में डूबी उसकी आँखें विवान के भीतर के कामदेव को अच्छी तरह झकझोर चुकी थीं।

अपने बदन के उस नाजुक हिस्से पर रायना के दहकते होंठों की छुअन की कल्पना में ही विवान के शरीर का ताप और बढ़ गया। दोनों के जिस्म का कोई भी हिस्सा एक दूसरे के लिए अंजान नहीं था और न ही कामक्रिया की कोई भी स्थिति या अवस्था दोनों के लिए नई थी। लेकिन जैसा कि दोनों हमेशा एक दूसरे से कहते – "हर बार, बार-बार एक नया अनुभव हो तुम!"

***

विवान का इंतज़ार करती नव्या ने घड़ी की ओर नज़र डाली, रात के ग्यारह बज गए थे। उसने आज सोचा था कि विवान के साथ बैठकर खाना खाएगी लेकिन इतना वक्त होने के बाद वह समझ गई कि अब विवान खाना खाकर ही आएँगे।

नव्या ने अपना खाना निकाला और डायनिंग टेबल के पास बैठ गई। खाते हुए नव्या सोचने लगी कि विवान अब तो हफ्ते में एक-दो दिन बाहर से ही डिनर करके आते थे। पहले कभी-कभार महीने में एक-दो दिन ऐसा होता था। ये बात किस ओर इशारा करती है? क्या स्थिति और ज्यादा खराब हो रही थी? क्या विवान और उसके बीच दूरियाँ और ज्यादा बढ़ रही थीं? फिर अचानक से नव्या को मेघा की बात याद आ गई - "मर्द तो जैसे भी हो अपनी सेक्शुअल डिज़ायर पूरी कर ही लेते हैं! तुझे क्या लगता है तेरा पति बिना सेक्स के महीनों यूँ ही रह जाता

होगा? तुझे सोचने की जरूरत है नव्या!"

वैसे कहीं न कहीं तो नव्या के मन में ये आशंका थी ही कि विवान का रायना के साथ अफेयर है। तो क्या विवान रायना के साथ ही समय बिताता है? दोनों के बीच शारीरिक संबंध भी है? नव्या खाते-खाते रुक गई। क्यों नहीं हो सकता? आखिर रायना भी तो अकेली है। सब कुछ सोचकर नव्या की आँखों से अश्कों की धार छूट पड़ी।

तभी मानवी अपने कमरे से बाहर आई और नव्या पर नजर पड़ते ही कहा, "आप अभी डिनर कर रही हैं? भैया अभी तक आए नहीं?"

"नहीं, रास्ते में ट्राफिक में फसे हैं।" नव्या ने अपनी नजरें खाने की प्लेट पर गड़ा दीं और खाने लगी। मानवी से अपने आँसू छिपाने में शायद वह कामयाब हो गई थी।

मानवी ने बिना कुछ आगे कहे, फ्रिज से पानी की बोतल निकाली और वापस कमरे में चली गई। मानवी अब तक समझ गई थी कि नव्या के पास उसके किसी भी सवाल का जवाब तर्क सहित हमेशा तैयार मिलेगा। लेकिन हार मानने वाली तो वो भी नहीं थी; बस सही समय का इंतज़ार कर रही थी कि कब विवान और नव्या के रिश्ते की सच्चाई के तह तक पहुँच जाए।

अध्याय 11

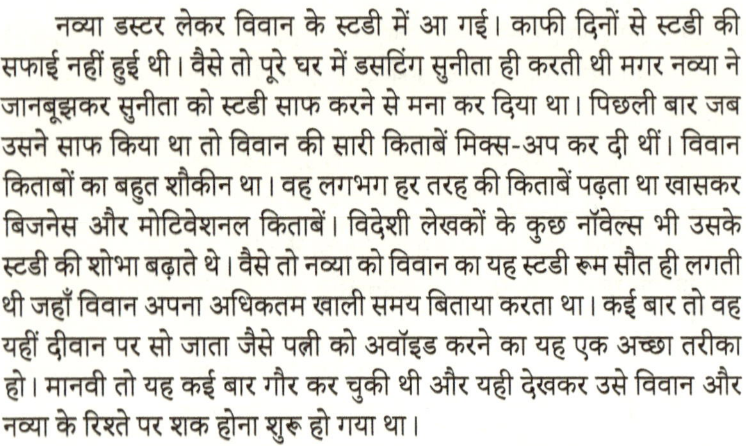

नव्या डस्टर लेकर विवान के स्टडी में आ गई। काफी दिनों से स्टडी की सफाई नहीं हुई थी। वैसे तो पूरे घर में डसटिंग सुनीता ही करती थी मगर नव्या ने जानबूझकर सुनीता को स्टडी साफ करने से मना कर दिया था। पिछली बार जब उसने साफ किया था तो विवान की सारी किताबें मिक्स-अप कर दी थीं। विवान किताबों का बहुत शौकीन था। वह लगभग हर तरह की किताबें पढ़ता था खासकर बिजनेस और मोटिवेशनल किताबें। विदेशी लेखकों के कुछ नॉवेल्स भी उसके स्टडी की शोभा बढ़ाते थे। वैसे तो नव्या को विवान का यह स्टडी रूम सौत ही लगती थी जहाँ विवान अपना अधिकतम खाली समय बिताया करता था। कई बार तो वह यहीं दीवान पर सो जाता जैसे पत्नी को अवॉइड करने का यह एक अच्छा तरीका हो। मानवी तो यह कई बार गौर कर चुकी थी और यही देखकर उसे विवान और नव्या के रिश्ते पर शक होना शुरू हो गया था।

नव्या ने मेज और कुर्सी की डसटिंग कर, सामान को सलीके से रख दिया। फिर वह बुक-शेल्फ की तरफ मुड़ी और एक-एक कर किताबों को हटाकर साफ-सफाई करने लगी। तभी नव्या की नजर एक किताब पर पड़ी और वह बिल्कुल धक् सी रह गई। किताब थी - "मैडम माया की दुनिया"।

"ओह, यह विवान को कहाँ से मिल गयी? उन्होंने ये खरीदी है या मेरी किताबों की शेल्फ से लेकर आए हैं। पर मेरी किताबें तो कोई छूता भी नहीं है।" नव्या मन ही मन सोचने लगी और फिर जल्दी से अपने बेडरूम में गई। वहाँ उसने देखा तो उसकी किताब वहीं पड़ी हुई थी।

"तो इसका मतलब है विवान खुद खरीद कर लाए हैं।" यह सोचकर ही नव्या मुस्कुरा उठी। तो रात में सोने से पहले विवान क्वीन का रूमानी लेखन पढ़ते हैं! अब क्वीन और उसके उपन्यास इतने लोकप्रिय हो गए थे कि हर बुक स्टोर और स्टॉल पर उसकी पुस्तकें उपलब्ध थीं। उसपर से वेब सीरीज ने भी धमाल मचाया हुआ था। रहस्यमयी लेखिका 'क्वीन' ने, जिसकी न किसी ने शक्ल देखी थी और न ही कोई उसकी वास्तविक पहचान से वाकिफ था, लोगों में काफी उत्सुकता पैदा कर दी थी।

नव्या को साहनी जी की बात याद आ गई, "तो जैसा मैंने कहा था कि अब लोगों को विदेशी लेखकों से ज्यादा हमारी अपनी देसी लेखिका पसंद आने लगेगी। क्लास और कहानी दोनों ही होंगी हमारी किताबों में।"

क्वीन की लोकप्रियता सोशल मीडिया पर साफ दिखती थी। इंस्टाग्राम पर काफी बड़ी तादाद में उसके फॉलोवर्स थे, जहाँ वह कभी-कभार बिना शक्ल दिखाए अपनी रोजमर्रा की ज़िंदगी के फोटो डाल देती थी, जो काफी पसंद भी किए जाते थे। बस कोशिश यही रहती कि उसकी वास्तविक पहचान की भनक किसी को न लगे।

नाम, पैसा, शोहरत सभी तो मिल रहे थे क्वीन को लेकिन नव्या को जैसे इसका एहसास आज जाकर हुआ जब उसने अपने पति के पास अपनी किताब देखी। अब उसे एक सेलिब्रिटी होने का जैसे एक सर्टिफिकेट मिल गया था। लेकिन उसके चेहरे पर मिले-जुले भाव थे। विवान क्वीन को तो घर ले आए लेकिन जो असली क्वीन उनके घर में ही थी, उसे उन्होंने बिल्कुल नजरअंदाज किया हुआ था। तो क्या उन्हें क्वीन की असलियत बता दी जाए? उसकी सफलता और लोकप्रियता क्या विवान के मन में अपनी पत्नी के लिए गर्व और प्यार की भावना ला सकती है?

फिर अचानक कुछ सोचकर नव्या सहम गई। विवान को भले ही क्वीन की लेखनी पसंद हो लेकिन जब उसे यह पता चलेगा कि उसकी पत्नी ही कामुक रोमांस लिखने वाली लेखिका है तो क्या वह इस बात को हजम कर पाएँगे? और फिर सास, ससुर और मानवी...इन सब के बारे में सोचकर ही नव्या मन ही मन बुदबुदाई, "भूचाल आ जाएगा!" और फिर नव्या ने सोच लिया कि अभी जैसा चल रहा है उसे चलने दिया जाए। लिखना वह छोड़ नहीं सकती और असलियत बता नहीं सकती! अजीब विडंबना है...

तभी सुनीता कमरे में आई। "भाभी आपकी सहेली आई हैं। नीचे माता जी के साथ बैठी हैं।"

सुनीता ने नव्या को ख्यालों से खींच निकाला। "सहेली?"

"हाँ, मेघा।" सुनीता ने बताया।

मेघा का नाम सुनते ही नव्या सकते में आ गई। मेघा के घर पर उस मुलाकात के बाद उसने उससे संपर्क बिल्कुल ही खत्म कर दिया था। मेघा ने हरकत ही ऐसी की थी। लेकिन अब वह किसलिए घर पर आई है?

"तुम चलो, मैं नीचे आ रही हूँ।" नव्या ने सुनीता को कहा। सुनीता कमरे से चली गई।

नव्या ने अपनी साड़ी और बाल ठीक किए और सीढ़ियों की ओर बढ़ गई।

नव्या ने देखा मालती देवी मेघा से बातें कर रही थीं। मेघा पहले भी घर पर आ चुकी थी और मालती देवी उसे जानती थीं। वैसे भी अपने घर पर आए हर

मेहमान की वह अच्छे से आवभगत करती थीं।

नव्या को देखते ही मेघा उठ खड़ी हुई। "कैसी है नव्या?" कहते हुए मेघा ने उसे गले से लगा लिया। उस दिन के बाद अब इस तरह उसका मिलना नव्या को थोड़ा अजीब सा लगा।

"मेघा हमें अपनी शादी का निमंत्रण देने आई है।" मालती देवी ने नव्या की ओर देखते हुए कहा।

तभी नव्या की नजर टेबल पर पड़े शादी के कार्ड पर गई। तो मेघा ने अंततः ज़िंदगी में ठहराव चुन ही लिया था।

"अच्छा तुम दोनों बातें करो। मुझे थोड़ा काम हैं।" मालती देवी ने कहा और उठ खड़ी हुईं।

उनके जाते ही नव्या मेघा से कुछ कहने ही वाली थी कि मेघा पहले ही बोल पड़ी, "नव्या, प्लीज़ मुझे उस दिन के लिए माफ कर दे।"

"तुम्हारी वो हरकत माफी के लायक नहीं है मेघा।" नव्या ने गंभीरता से कहा।

मेघा विनती भरी नज़रों से उसे देखती रही और कहा, "हम अंदर तेरे कमरे में चलकर बात करें क्या?"

नव्या को चुप देख, उसने आगे कहा, "मैं कोई ऐसी-वैसी हरकत नहीं करूँगी, प्रॉमिस।"

"चलो।" नव्या मेघा को लेकर अपने कमरे में आ गई।

"नव्या, मैं उस दिन के लिए वाकई काफी शर्मिंदा हूँ। पता नहीं मुझे उस दिन क्या हो गया था? अब तुझसे क्या छुपाना? जब यूएस में थी तो कुछ ऑर्गी पार्टीज़ अटेंड किए थे। तभी से बायसेक्शुअल वाले लक्षण शायद रह गए थे। पर मैंने अपनी बेवकूफी की वजह से अपनी एक प्यारी सहेली खो दी। माफ कर दे यार।" मेघा ने फिर से विनती की।

"किसी लड़के से ही शादी कर रही है ना?" नव्या ने मुस्कुराते हुए पूछा।

"बिल्कुल यार! वो पागलपंती निकल गई है दिमाग से।

"चल अच्छा है। किससे शादी कर रही है? कौन है? अपने भावी पति के बारे में कुछ बता।"

तभी सुनीता एक बड़े ट्रे में दो ग्लास जूस, रोस्टेड ड्राई फ्रूट्स और कुछ मिठाइयाँ लेकर आ गई। कमरे में आते वक्त नव्या ने सुनीता को नाश्ता-पानी ऊपर ही ले आने को कह दिया था।

"अरेंज्ड मैरेज है। लड़का भी मेरी तरह आईटी प्रोफेशनल है, बैंगलोर में कार्यरत है।" मेघा ने बताया।

"तो तू शादी के बाद बैंगलोर चली जाएगी?" नव्या ने पूछा।

"अभी इतनी जल्दी तो नहीं। हाँ अगले पाँच-छ: महीनों में शायद बैंगलोर के किसी प्रोजेक्ट में ट्रांसफर हो जाऊँगी। नहीं हुई तो वहीं जाकर दूसरी जॉब ढूंढ लूँगी।"

"ये सही है।"

"अच्छा ये बता तेरे और विवान के बीच कैसा चल रहा है?" मेघा ने उत्सुकतावश पूछा।

"कोई बदलाव नहीं है।" नव्या ने उदासी से कहा।

"यार तू विवान से खुल के पूछ। आखिर चाहता क्या है वह? तुम दोनों चुप-चाप ज़िंदगी को ढोते जा रहे हो। मैं जानती हूँ नव्या तूने अपनी खुशी अपने लेखन कार्य में ढूंढ ली है पर कब तक तू अपनी खोखली शादीशुदा ज़िंदगी के दर्द को झेल पाएगी? विवान का तो मुझे नहीं पता पर मैं तुझे टूटते हुए नहीं देखना चाहती।" मेघा ने नव्या के उदास चेहरे पर नजर डालते हुए कहा।

तभी आरव आ गया। "नमस्ते आंटी। मुझे सुनीता आंटी ने बताया कि मम्मा की फ्रेंड आई हैं तो मैं आपसे मिलने आ गया।"

"नमस्ते बेटा। अपकी मम्मा की फ्रेंड आपके लिए कुछ लेकर आई है।" ये कहते हुए मेघा ने अपने बैग से चॉकलेट के पैकेट्स निकाले और आरव को प्यार से पकड़ा दिया।

आरव वहीं बैठकर चॉकलेट खाने लगा तो नव्या और मेघा शादी की तैयारियों की बातें करने लगे।

अध्याय 12

नव्या ने उस बड़े से बुक स्टोर पर नजर डाली और अंदर आ गई। वैसे तो वह समय-समय पर शहर में किताबों के स्टोर के चक्कर लगाती रहती थी; बस ये देखने के लिए कि उसकी किताबें उपलब्ध हैं या नहीं, कहाँ किस जगह सजाकर रखी गई हैं और बातों ही बातों में बुक स्टोर के कर्मचारियों से किताबों की डिमांड का भी जायजा ले लेती थी। साहनी जी ने बताया था कि एक नई और काफी बड़ी किताबों की दुकान मॉल में खुली है, तो नव्या देखने चली आई। वैसे भी किताबों की खुशबू के बीच, बुक स्टोर में उसे एक अलग ही तरह का आनंद आता था। नव्या का मानना था कि किताबों के प्रेमी ऐसे ही होते है, थोड़े जुनूनी से!

मैडम माया के बाद नव्या की तीन किताबें और आ चुकी थीं। उसकी सारी नायिकाएँ – माया, मोहिनी, मल्लिका और मयूरी, लोगों के दिलों पर राज करती थीं। क्वीन पाठकों के बीच एक रेज़ बन चुकी थी। प्रेम, कामुकता और सस्पेंस का ऐसा जबरदस्त मिश्रण वह अपनी कहानियों में घोल देती कि पाठक किताब उठाता तो खत्म किए बिना रह ही नहीं पाता। उसके उपन्यास के एक-एक पात्र लोगों की जुबान पर चढ़े हुए थे। लोग बेसब्री से उसकी अगली पुस्तक का इंतज़ार करते। और जैसे ही प्रकाशक पुस्तक के प्री-ऑर्डर की घोषणा करते, लोग धड़ाधड़ पुस्तक बुक कर लेते। उसपर से वेब सीरीज की सफलता ने भी क्वीन की लोकप्रियता में काफी इज़ाफ़ा कर दिया था।

'कटप्पा ने बाहुबली को क्यों मारा?' अगर इसके बाद कोई और बड़ा रहस्य था तो बस यही कि क्वीन आखिर है कौन? वैसे ये कमेंट किसी पाठक के द्वारा सोशल मीडिया पर किया गया था, जिसे याद करके नव्या मुस्कुरा उठी।

बुकस्टोर में खड़ी नव्या किताबों के शेल्फ पर नजरें दौड़ाने लगी। तभी उसने देखा कि सामने की शेल्फ पर ही उसकी चारों किताबें सजी हुई रखी थीं। किताबें इस तरह रखी गई थीं कि स्टोर में अंदर आने वाले की नजर वहीं पड़े। उसकी किताबों के बगल में कुछ और बड़े लेखकों की किताबें थीं जिनके बारे में वह बचपन से सुनती आई थी। कितना सुखद एहसास था अपने आप को इन बड़े नामों के बीच देखना। आज से कुछ साल पहले तो उसने सोचा भी नहीं था कि वह नव्या से क्वीन बन जाएगी और बड़े-बड़े बुक-स्टोर्स में जगह बनाएगी।

नव्या दूर से ही अपनी किताबों पर नजर गड़ाए थी कि तभी उसने देखा दो लड़के शेल्फ के पास आए और उसकी किताबों को हाथ में उठा लिया। किताबों को

उलट-पलटकर दोनों आपस में बातें कर रहे थे।

"क्या कमाल का लिखती है ये क्वीन, मानना पड़ेगा।" एक ने कहा।

"वाकई। सच बोलूँ तो मैंने हिन्दी उपन्यास क्वीन की वजह से ही पढ़ना शुरू किया। किताब बस ऐसी ही होनी चाहिए विशुद्ध मनोरंजन, न ज्यादा ज्ञान, न फिलॉस्फी और न ही कहीं पर भी कहानी में बोरियत! मैं तो इसकी हर किताब पढ़ता हूँ।" दूसरे लड़के ने कहा।

"भाई, मेरा तो ट्रेन का हर सफर क्वीन की किताब पढ़कर ही बीतता है।" कहते हुए वह लड़का हँस पड़ा।

"ये चौथी वाली किताब मैंने पढ़ी नहीं है। ये ले लेता हूँ।" कहते हुए लड़के ने किताब शेल्फ से उठा ली।

"इसकी नायिका मयूरी की लाजवाब कहानी है।"

"इसकी नायिकाओं के नाम से ही मुझे प्यार हो गया है..." बात करते हुए दोनों लड़के कैश काउंटर पर चले गए।

उनकी बातें सुनकर, नव्या का दिल गदगद हो उठा। पाठकों की तारीफ ही तो लेखक की जान है। उन लड़कों को क्या पता कि जिस क्वीन की वो बात कर रहे थे, वह तो उनके बगल में ही खड़ी उनकी बातें सुन रही थी।

उन लड़कों के हटते ही एक लड़की और एक लड़का आ गए, शायद गर्लफ्रेंड-बॉयफ्रेंड थे।

लड़की ने क्वीन की एक किताब उठाई और लड़के की ओर देखते हुए कहा, "मेरे वीकएंड का तो इंतजाम हो गया।"

"पर वीकएंड तो तू मेरे साथ बिताने वाली थी। हमने प्लान किया था न इस वीकएंड मस्ती करेंगे?" लड़के ने उसे याद दिलाया।

"मस्ती होगी अब क्वीन के साथ। तेरे साथ मैं अगला वीकएंड बिताऊँगी।" लड़की ने लड़के को बेफिक्री से जवाब दिया।

लड़का उसे अवाक् सा देखता रह गया।

नव्या को थोड़ी हँसी आ गई लेकिन अपनी किताबों का इस कदर क्रेज़ देखकर वह प्रसन्नचित्त हो उठी। बस पाठकों का यही प्यार तो उसे लिखने के लिए प्रेरित करता था। नव्या ने कुछ देर और किताब के स्टोर में बिताया और फिर बाहर आ गई।

वह कुछ दूर ही आगे चली होगी कि तभी उसकी नजर एक जाने-पहचाने

चेहरे पर पड़ी। उस आदमी को देख नव्या वहीं रुक गई। उसके चेहरे पर अनायास ही मुस्कान तैर गई। वह आदित्य था, कॉलेज के दिनों का उसका सहपाठी। सड़क पर खड़ी नव्या उसे देख ही रही थी कि आदित्य की नजर भी उसपर पड़ी।

"नव्या!" आदित्य ने आवाज दी और उसके पास आ गया। "व्हाट अ प्लेज़ेंट सरप्राइज़! कैसी हो नव्या?"

"मैं ठीक हूँ, तुम कैसे हो आदित्य?" नव्या ने मुस्कुराते हुए कहा। लंबी कद-काठी, गहरी आँखें, चेहरे पर डिम्पल वाली मीठी मुस्कान, आदित्य में ज्यादा कुछ फ़र्क नहीं आया था। शरीर थोड़ा सा भर गया था जो कॉलेज के दिनों के उस पतले-दुबले आदित्य से कहीं बेहतर था। चेक वाली सफेद शर्ट, ग्रे रंग की ट्राउज़र और चमकते काले जूते में आदित्य परफेक्ट जेन्टलमैन लग रहा था। वैसे था भी वह सरकारी बाबू, इंकमटैक्स ऑफिसर!

"सब बढ़िया। मैं कुछ दिनों से सोच ही रहा था कि काश तुमसे कहीं मुलाकात हो जाए।" आदित्य की नजरें नव्या के चेहरे में जैसे खो सी गईं।

नव्या थोड़ी झेंप गई। आदित्य के आँखों में आज भी वैसी ही नरमी और वैसा ही स्नेह था जैसा कॉलेज के दिनों में हुआ करता था। आदित्य का उसके बारे में सोचना ये बताता था कि वह उसे आज भी नहीं भूला।

"तुम इंदौर में कैसे आदित्य? तुम तो शायद गुजरात में पोस्टेड थे।" नव्या ने आदित्य के सम्मोहन को तोड़ते हुए पूछा।

"समझ लो तुमसे मिलने आया हूँ।" कहकर आदित्य मुस्कुरा उठा।

उसका मज़ाकिया अंदाज़ अब भी बिल्कुल कॉलेज के दिनों जैसा ही था। लेकिन मज़ाक ही मज़ाक में वह गंभीर भी तो हो गया था। कहीं आज भी इसके मज़ाक में कोई सच्चाई तो नहीं? क्या वह वाकई उससे ही मिलने इंदौर आया था? ऐसा नहीं हो सकता, तब की बात और थी।

आदित्य ने आगे बताया, "कुछ दिनों पहले ही ट्रांसफर होकर यहाँ आया हूँ। दो तीन शहरों के ऑप्शन मिले थे लेकिन मुझे इंदौर ही सही लगा।"

'इंदौर ही सही लगा' क्या इसलिए कि वह यहाँ थी? या फिर यूँ ही कह दिया उसने? "हाँ, वैसे इंदौर तुम्हारे पैतृक शहर से ज्यादा दूर भी नहीं है।" नव्या ने अपनी तरफ से उसके यहाँ आने का एक कारण दे दिया।

"हाँ, ये भी बात है। नव्या, अगर तुम्हें कोई परेशानी न हो तो हम किसी कैफे में बैठ एक-एक कप कॉफी पी लें?"

"क्यों नहीं?" नव्या को आदित्य से इतने सालों बाद मिलकर काफी अच्छा

लगा था। इतने सालों में क्या हुआ, कैसी बीत रही है उसकी ज़िंदगी, शादी, बच्चे – ये सब कुछ जानने को वह उत्सुक थी।

"चलो पास में ही एक अच्छा सा कैफे है, वहीं बैठते हैं।" आदित्य ने कहा।

नव्या ने हामी भरी और दोनों कैफे की ओर चल पड़े। दोनों कैफे के अंदर आकर बैठ गए।

"क्या लोगी, लाटे? अभी भी ये पसंद है या पसंद बदल गई है?" आदित्य ने पूछा।

"तुम्हें अभी भी याद है मेरी पसंद की कॉफी?" नव्या को थोड़ा आश्चर्य हुआ।

"तुम्हारी एक-एक बात याद है।" आदित्य ने उसकी आँखों में झाँकते हुए कहा। तभी वेटर ऑर्डर लेने आ गया। "एक लाटे, एक कैपचीनो और होल व्हीट वॉलनट कूकीज़।" आदित्य ने ऑर्डर दे दिया।

"क्या बात है होल व्हीट कूकीज़...काफी हेल्थ कॉन्शस हो गए हो?"

"हाँ, अपना ध्यान तो खुद ही रखना पड़ता है। इसलिए सोच-समझकर खाता हूँ।"

"लगता है वाईफ ने काफी कंट्रोल लगा दिया है खाने-पीने पर।" नव्या ने हँसते हुए कहा।

"वाईफ! वो तो तब आएगी जब मैं शादी करूंगा।"

"तुमने शादी नहीं की अब तक?" नव्या को थोड़ा आश्चर्य हुआ। जहाँ तक उसे मालूम था कि कॉलेज खत्म करने के दो सालों के बाद ही उसकी इंकमटैक्स विभाग में नौकरी लग गई थी। तब भी उसने शादी नहीं की? सरकारी नौकरी लगते ही लड़के तो बुक हो जाते हैं!

"तुम्हारे बाद कभी कोई पसंद ही नहीं आई।" आदित्य ने हौले से मुस्कुरा दिया।

नव्या बिल्कुल चुप हो गई। उसे मालूम था कि आदित्य उसे काफी पसंद करता था लेकिन इतना ज्यादा...कि आज तक उसे भूल नहीं पाया? कॉलेज के अंतिम साल में उसने प्रपोज कर दिया था। पर तब नव्या को समझ ही नहीं आया कि क्या कहे। वैसे मन ही मन वह भी उसे पसंद करती थी और शायद आदित्य भी इसे समझता था। तभी तो उसने उसे प्रपोज किया था। लेकिन नव्या को अपने घर के सख्त नियम-कानून और मर्यादाएँ याद आ गई थीं। माँ की कड़ी हिदायतें याद आ गईं कि अगर किसी लड़के के चक्कर में पड़ी तो घर बैठा देंगी। इसलिए उसने आदित्य के साथ दोस्ती की हदों से आगे बढ़ना सही नहीं समझा। आखिरी साल

की परीक्षाएँ शुरू होने से पहले ही विवान के घर वाले भोपाल आकर उसे पसंद कर गए और परीक्षा के तुरंत बाद शादी भी हो गई। इसके बाद आदित्य से नव्या का संपर्क खत्म हो गया।

"कहाँ खो गई नव्या? कॉलेज के दिनों में?" आदित्य ने उसे ख्यालों से झकझोरा।

कितना सही भांप लेता था आदित्य उसे! "कितने अच्छे थे कॉलेज के वो दिन! कैंटीन में बैठकर समोसे खाना और कभी-कभार क्लास बंक करके बस यूँ ही कैंपस की हरी घास पर बैठे रहना।" नव्या ने कॉलेज के वो दिन याद करते हुए कहा। कहना तो वह यह भी चाहती थी कि आदित्य के सामने बैठकर उसे गिटार बजाते हुए सुनना उसे कितना पसंद था...बस उसने कहा नहीं।

कुछ रुककर नव्या ने पूछा, "अब भी गिटार बजाते हो?"

"नहीं, अब सब छूट गया।"

तभी वेटर कॉफी और कूकीज़ लेकर आ गया। दोनों कॉफी पीने लगे।

"तुम बताओ नव्या, कैसी चल रही है ज़िंदगी? विवान कैसा है?"

"तुम विवान को जानते हो?"

"श्रीलाल स्वीट्स के मालिक का नाम कौन नहीं जनता? पूरा शहर बिंदल परिवार को जनता है।"

नव्या कुछ पल चुप रही और फिर बोली, "सब ठीक है। मेरा सात साल का एक बेटा है, आरव।" अपनी शादीशुदा ज़िंदगी की खटास को ढकने की कोशिश नव्या ने जरूर की लेकिन न चाहते हुए भी चेहरे पर उदासी के भाव आ ही गए, जो आदित्य ने भांप लिए। नव्या ने तुरंत अपने चेहरे पर जबरदस्ती की मुस्कुराहट थोप ली।

"इंदौर में कहाँ रह रहे हो तुम?" नव्या ने बात बदलते हुए पूछा।

"विजय नगर। बिंदल भवन से ज्यादा दूर नहीं है।" आदित्य कहते हुए हौले से मुस्कुरा उठा।

दोनों कुछ देर चुप रहे और अपनी कॉफी पीते रहे।

चुप्पी को तोड़ते हुए आदित्य ने कहा, "तुम तो उपन्यास लिखती थी न नव्या। मैंने तुम्हारी दोनों किताबें पढ़ी हैं। अच्छा लिखा था तुमने। अब लिखना छोड़ दिया क्या?"

सुनकर नव्या को अच्छा लगा कि आदित्य ने उसकी किताबें पढ़ी हैं। "काफी

सालों से कुछ लिखा नहीं है। पर आगे लिखूँगी। अच्छा अब मैं चलती हूँ आदित्य, लेट हो रहा है।”

आदित्य ने वेटर को बिल के लिए बुला लिया और पे कर दिया। दोनों उठकर बाहर आ गए।

“गाड़ी से आई हो?” आदित्य ने पूछा।

“नहीं, गाड़ी तो सर्विसिंग में गई है। मैं टैक्सी ले लूँगी।”

“मैं छोड़ देता हूँ, अगर तुम्हें कोई आपत्ति नहीं हो तो।”

“ठीक है।” नव्या ने कहा।

“तुम यहीं रुको, मैं पार्किंग से अपनी गाड़ी लेकर आता हूँ।” कहकर आदित्य गाड़ी लाने चला गया और नव्या चुपचाप खड़ी उसे देखती रही।

आदित्य से सालों बाद मिलना और बातें करना, उसे अच्छा लगा था। मन के किसी कोने से आवाज आई, “अच्छा हुआ आज गाड़ी नहीं है, इसी बहाने आदित्य के साथ कुछ और समय बिताने का मौका मिल जाएगा।” घर पर तो फिर वही उदासी भरी ज़िंदगी है...और उस उदासी को दूर करने के लिए वह अपने आप को लेखन में डूबो लेगी। यही तो बस रह गया था उसकी ज़िंदगी में। तभी उसे गाड़ी की आवाज सुनाई दी। आदित्य गाड़ी लेकर आ गया था।

नव्या गाड़ी में बैठ गई और आदित्य ने गाड़ी स्टार्ट कर दी।

“नव्या, तुम खुश तो हो अपनी शादीशुदा ज़िंदगी में?” आदित्य ने अचानक से ये पूछ लिया।

आदित्य के इस अप्रत्याशित सवाल से नव्या थोड़ी असहज सी हो गई। “तुम ऐसा क्यों पूछ रहे हो आदित्य?”

“बस तुम्हें देखकर मन में ऐसा सवाल आया तो मैंने पूछ लिया। विवान तुम्हें प्यार तो करता है ना?” आदित्य ने जैसे नव्या की दुखती रग पर हाथ रख दिया था। नव्या का चेहरा बिल्कुल फीका पड़ गया। उसे ऐसा लगा कहीं उसकी आँखों से आँसू न टपक पड़े। भावनाओं पर काबू पाने की उसने बहुत कोशिश की लेकिन आँखें डबडबा ही गईं।

आदित्य ने उसकी ओर देखा और समझ गया कि कुछ तो बात है जो नव्या को अंदर ही अंदर खाए जा रही है।

“नव्या, आय एम सॉरी, मुझे ये निजी सवाल नहीं पूछना चाहिए था।” कहकर आदित्य चुपचाप गाड़ी ड्राइव करने लगा।

घर से थोड़ा पहले ही नव्या ने आदित्य को गाड़ी रोक देने को कहा।

नव्या जब उतरने लगी तो आदित्य ने कहा, "नव्या, अपना नंबर दे दो।"

नव्या ने अपना नंबर बताया जो आदित्य ने अपने फोन में सेव कर लिया। और फिर आदित्य ने कहा, "नव्या, मैं तुम्हारा दोस्त पहले भी था और आज भी हूँ। तुम्हारी कोई भी परेशानी तुम मुझे बेझिझक बता सकती हो। तुम्हारा ये दोस्त हमेशा तुम्हारे साथ है।"

नव्या उसे एक पल को देखती रही, फिर गाड़ी से उतर गई।

* * *

नव्या लैपटॉप के स्क्रीन के सामने बैठी थी लेकिन आज अपना ध्यान केंद्रित नहीं कर पा रही थी। बार-बार अनायास ही आदित्य का चेहरा, उसकी आँखों की गहराइयाँ और उसकी बातें नव्या का ध्यान खींच रही थीं। यह सोचकर कि आदित्य उससे कितना प्यार करता था, नव्या के मन में गुदगुदी सी हो उठी। एक तरफ विवान है जिसे उसकी परवाह ही नहीं, जिसने उसे अपनी पत्नी मानना ही बंद कर दिया था और दूसरी तरफ आदित्य है जो आज भी उसकी परवाह करता है...उसकी आँखें साफ बयां कर रही थीं कि वह अब भी उससे प्यार करता है। काश उसने सालों पहले आदित्य के प्रपोज़ल को हाँ कह दिया होता, काश उसने उस वक्त बगावत करके शादी से मना कर दिया होता। आखिर उस समय उसकी उम्र ही क्या थी, सिर्फ इक्कीस साल! लेकिन इतने बड़े खानदान में रिश्ते की बात से उसके घरवाले तो जैसे बौरा ही गए थे। बस जल्द से जल्द बिंदल परिवार में शादी हो जाए, यही सबका ध्येय रह गया था। अगले कुछ महीनों में शादी कर के उसे विदा भी कर दिया।

अब उन पुरानी बातों को सोचने का क्या मतलब। ज्यादा सोचने से सिर्फ उलझनें ही बढ़ेंगी। चाहे जो भी हो उसका पति उसके लिए अब सब कुछ है! उसने अपने पति से टूटकर प्यार किया है। शादी के दो सालों के बाद ही विवान को उससे विरक्ति हो गई थी; वजह जो भी हो, रायना या कुछ और! लेकिन आज भी वह आस लगाए बैठी है कि कभी तो उसका पति फिर से उससे प्यार करेगा, तन और मन दोनों से उसका हो जाएगा! फिर मन के किसी व्याधित कोने से आवाज आई – "पता नहीं वह दिन कब आएगा, आएगा भी या नहीं? आँखें रो-रो के सूज जाएँगी, दिल आहें भर-भर के बेदम हो जाएगा!"

आखिर मैं इंतज़ार के अलावा कर ही क्या सकती हूँ? ये सोचकर नव्या ने मन में चल रहे द्वंद को हर बार की तरह जबरदस्ती दबा दिया।

क्वीन

विवान लॉन में बैठा अपने फोन पर मैसेज पढ़ रहा और फिर मुस्कुराते हुए जवाब में कुछ लिखने लगा। तभी उसकी नजर पीछे खड़ी मानवी पर गई और झट से उसने फोन पलट दिया।

बगल की कुर्सी पर बैठते हुए मानवी ने पूछा, "इतना मुस्कुराते हुए किससे चैट कर रहे हैं भैया?"

"वो एक फ्रेंड..."

"रायना से?" विवान को बीच में ही रोक दिया मानवी ने।

विवान ने बात को संभालते हुए कहा, "नहीं, किसी और से।"

"क्यों झूठ बोल रहे हैं? और कब तक ऐसा चलता रहेगा? आपको क्या लगता है मुझे नहीं दिख रहा कि आपका रायना के साथ अफेयर है। रायना ने क्यों नहीं शादी की अब तक? क्योंकि आप दोनों रिलेशनशिप में हैं! क्या मुझे नहीं दिख रहा कि आपके और नव्या के रिश्ते में पति-पत्नी जैसा कुछ है ही नहीं? मुझे नहीं लगता है कि माँ की आँखों से भी ये छुपा होगा पर माँ भी चुप है; शायद इसलिए कि उन्हें भी नव्या की तरह उम्मीद होगी कि समय के साथ सब ठीक हो जाएगा। उसपर से माँ को तो परिवार और खानदान की इज्जत की भी बहुत परवाह है... किसी भी तरह की खटपट की सुगबुगाहट कहीं घर की चारदीवारी से बाहर न चली जाए। लेकिन आप क्यों अपनी ज़िंदगी बर्बाद कर रहे हैं? या तो अपनी पत्नी के हो जाइए या फिर रायना के। ये तीन ज़िंदगियाँ क्यों अधर में लटका रखा है?" मानवी ने आज बिल्कुल खड़ी-खड़ी कह दी।

विवान ने उम्मीद भी नहीं की थी कि मानवी आज दबी हुई उस बात को इस तरह खोलकर रख देगी। लेकिन अब जब बात सामने आ ही गई थी तो कम से कम अपनी बहन से तो वह खुलकर बात कर ही सकता था।

"हाँ, मैं और रायना एक दूसरे से बहुत प्यार करते हैं। रायना जब पढ़ाई के लिए बाहर गई थी, मैं तब भी उससे प्यार करता था।"

"फिर आपने नव्या से क्यों शादी की?" मानवी ने पूछा। मानवी विवान से काफी छोटी थी पर किसी से भी सवाल—जवाब करने में कभी पीछे नहीं रहती थी।

"माँ-पापा के कहने पर।"

"सिर्फ माँ-पापा के कहने पर या और भी कोई वजह थी?" मानवी की नजरें

विवान पर गड़ी हुई थीं।

विवान को चुप देख मानवी ने आगे कहा, "भाई, आपने शादी इसलिए की क्योंकि रायना ने तब आपको यह कह दिया था कि वह वहीं सेटल हो जाएगी। और तैश में आकर आपने शादी कर ली। लेकिन मुझे याद है कि आप शादी के बाद खुश थे। रायना के भारत वापस आने के बाद ही नव्या और आपके बीच फासले बढ़ते चले गए।"

"मुझे नहीं पता मानवी कि मैं खुश था या अपनी ज़िंदगी से कॉम्प्रोमाइज कर रहा था। मैं इतना जानता हूँ कि मैं सिर्फ और सिर्फ रायना को चाहता हूँ और उसके बिना मेरी ज़िंदगी बेज़ार है।" विवान ने दो टूक कहा।

मानवी अपने भाई के गंभीर हो आए चेहरे की तरफ देखती रही। उसे साफ नजर रहा था कि विवान किसी भी तरह से रायना को छोड़ने को तैयार नहीं था। लेकिन ऐसे तो ज़िंदगी नहीं चल सकती थी। जो भी हो उसे अपने भाई से बहुत प्यार था और वह सिर्फ उसकी खुशी चाहती थी।

"आप माँ और नव्या दोनों को ये बात खुल के बता दीजिए। कह दीजिए कि आप नव्या से डिवोर्स लेना चाहते हैं।"

"नव्या से तो मैं कह भी दूँ लेकिन माँ कभी इस बात के लिए तैयार नहीं होंगी। तुम अच्छी तरह जानती हो कि माँ के लिए समाज में मान-प्रतिष्ठा से बढ़कर कुछ नहीं।" विवान ने मायूसी से कहा।

"उफ्फ़! ये मान-प्रतिष्ठा! यहाँ बेटे की ज़िंदगी बरबाद हो रही है।" मानवी ने झुँझलाते हुए कहा।

"मानवी, तुम माँ या नव्या को कुछ नहीं बताओगी।"

"नव्या को तो वैसे भी आपके और रायना के रिश्ते पर शक है, बस कुछ कहती नहीं है।"

"माँ को बीपी की शिकायत है, सुनकर कहीं तबीयत ज्यादा न बिगड़ जाए। शायद हमें समय के साथ कोई रास्ता दिखे।" विवान ने सोचते हुए कहा।

रास्ता जब न दिखे तो बनाना पड़ता है। अब मुझे ही कुछ करना पड़ेगा। मानवी ने मन ही मन सोचा।

* * *

कैफे में बैठी मानवी की नजरें बार-बार एंट्री पर जा रही थीं। कभी वह कॉफी का सिप लेती तो कभी फोन पर समय देखती। तभी उसे रायना अंदर आती हुई दिखी।

रायना मानवी के पास आ गई। "आय एम सॉरी मानवी, आज अस्पताल में पेशेंट्स ज्यादा थे। थोड़ा वक्त लग गया।" रायना बगल वाली कुर्सी पर बैठ गई। रायना और मानवी पहले कुछ एक बार मिल चुके थे।

"कोई बात नहीं। मुझे लगा कि शायद तुम व्यस्त हो गई होगी। इस बीच मैंने बैठे-बैठे एक ग्लास कोल्ड कॉफी पी ली।" मानवी हस्ते हुए बोली।

"चलो एक कोल्ड कॉफी और पी लो मेरे साथ।" कहकर रायना ने वेटर को बुलाया और दो कोल्ड कॉफी लाने को कह दिया।

"हम कितने सालों बाद मिले हैं रायना! अंतिम बार हम शायद तुम्हारे लंदन जाने से ठीक पहले मिले थे जब विवान ने तुम्हें मेरे जन्मदिन पर आमंत्रित किया था। है न?" मानवी ने याद करते हुए कहा।

"हम एक बार और मिले थे; कुछ साल पहले अतुल सिंघानिया जी की शादी की वर्षगांठ पार्टी पर। सिंघानिया जी हमारे अस्पताल में इंवेस्टर हैं। मुझे याद है उस पार्टी में तुम, विवान, नव्या और अंकल-आंटी सभी आए थे।" रायना ने याद दिलाया।

"हाँ याद आया, पर तुम उस दिन जल्दी निकल गई थी और हम बस हाय-हैलो ही कर पाए थे।"

"हाँ, कुछ जरूरी काम आ गया था। अच्छा, ये बताओ आज अचानक कैसे याद किया।" रायना ने उत्सुकता से पूछा। मानवी का यूँ अचानक सालों बाद उसे फोन करना और यहाँ मिलने बुलाना, जरूर कोई गहरी बात होगी। और उसका नंबर भी उसने विवान के फोन से ही लिया होगा।

"रायना, बात तो गंभीर है। मुझे विवान और तुम्हारे संबंध के बारे में सब पता है। मुझे पता है विवान तुम्हारे फ्लैट पर जाता है, तुम्हारे संग वक्त बिताता है। तुम दोनों के रिश्ते किस हद तक अंतरंग हैं मैं ये नहीं पूछूँगी; पूछने की जरूरत भी नहीं है। मैं बस ये कहना चाहती हूँ कि तुम दोनों जब एक दूसरे को इतना पसंद करते हो तो क्यों नहीं दुनिया को बता देते हो? कब तक तुम लोग ऐसे चलाओगे। देखो, मुझे अपने भाई की बहुत चिंता है। मैं चाहती हूँ वह खुश रहे और उससे बात करके मुझे यही समझ आया है कि उसकी खुशी तुम हो। वह तुम्हें कभी नहीं छोड़ेगा।"

"मैं समझी नहीं...तुम क्या चाहती हो? मैं उसे छोड़कर चली जाऊँ?" रायना ने एकदम से पूछा।

"नहीं, तुम उसकी ज़िंदगी में आ जाओ, हमेशा के लिए।" मानवी ने संजीदगी से कहा।

"ये कैसे मुमकिन है मानवी? जब तक वह नव्या को डिवोर्स नहीं देता, मैं कैसे उसकी ज़िंदगी में हमेशा के लिए आ सकती हूँ?"

"विवान को डिवोर्स के लिए मनाना होगा और इसकी कोशिश तुम और मैं दोनों करेंगे। सच बोलूँ तो मैं भाई की शादी कभी भी उस घर में चाहती ही नहीं थी। नव्या की फैमिली हमारे स्टैंडर्ड की है ही नहीं। आय वुड लव टू सी यू ऐज़ माई ब्रदर्स वाइफ।"

यह सुनकर रायना का चेहरा खुशी से चमक उठा। चलो परिवार का कोई तो सदस्य उसके पक्ष में आया। "लेकिन विवान तो कह रहा था आंटी नहीं मानेंगी।" रायना ने आशंका जताई।

"मम्मी को बेटे की खुशी के लिए मानना पड़ेगा। धीरे-धीरे मैं मम्मी को इस बात का एहसास दिलाऊँगी कि विवान की ज़िंदगी तुम्हारे साथ है। तुम्हें भी विवान को अपने तरीके से, बिना दबाव डाले नव्या को डिवोर्स देने के लिए मनाना होगा।" मानवी के होंठों पर कुटिल मुस्कान थी।

"पर विवान का बेटा भी तो है, मानवी?" रायना अपनी सारी आशंकाएँ आज दूर कर लेना चाहती थी। आखिर मानवी उस घर की बेटी थी और उसका अपना प्रभाव था मालती देवी पर।

"उसकी चिंता मत करो। जिनके बच्चे होते हैं क्या वो कपल अलग नहीं होते? अब अगर मतभेद है तो अलग हो जाना ही सही है ना; वरना आगे चलकर बच्चे पर भी असर पड़ेगा।" जैसा कि उसका स्वभाव था, मानवी अपनी हर बात सत्यापित करने पर तुली थी।

* * *

दोपहर का समय था। खाना खाकर नव्या बिस्तर पर लेटी फोन पर अपनी किताब की कुछ समीक्षाएँ पढ़ रही थी कि तभी विवान कमरे में दाखिल हुआ। नव्या को वहाँ देख उसने कहा, "मैं कुछ दिनों के लिए रायपुर जा रहा हूँ। वहाँ हमारे डिस्ट्रीब्यूटर्स के साथ कुछ परेशानी है।"

"अच्छा, कब निकल रहे हैं आप?" नव्या ने पूछा।

"बस थोड़ी देर में निकल जाऊँगा।" विवान ने कहा और सामान रखने के लिए उसने ट्रॉली बैग निकाल लिया।

"मैं पैकिंग में मदद कर दूँ?" नव्या ने पूछा।

"नहीं, मैं कर लूँगा।" विवान ने बिना उसकी ओर देखे ही जवाब दिया।

"खाने के लिए कुछ पैक कर दूँ?"

"नहीं।" विवान अपना काम करता रहा।

तभी आरव कमरे में आया। पापा को पैकिंग करता देख उसने पूछा, "पापा, आप कहाँ जा रहे हैं?"

बेटे की तरफ प्यार से देखते हुए विवान ने कहा, "बेटा कुछ काम से रायपुर जा रहा हूँ। जल्दी ही आ जाऊँगा और हाँ आपके लिए हमेशा की तरह चॉकलेट्स ओर कुछ अच्छे गिफ्ट्स भी लाऊँगा।"

"वो तो ठीक है पापा, पर आप कभी मुझे और मम्मी को साथ लेकर कहीं क्यों नहीं जाते? मेरे दोस्त तो अपने मम्मी-पापा के साथ वेकेशन पर जाते हैं – कभी हिल्स तो कभी बीचेज़! आप तो हमें कहीं भी लेकर नहीं जाते।" आरव ने मुँह बनाते हुए शिकायती स्वर में कहा।

"बेटे, तुम देखते ही हो कि मुझे बिल्कुल फुरसत नहीं मिल पाती। बस काम के ही सिलसिले में घर से निकलता हूँ।"

"अभी कुछ दिनों पहले ही तो आप मुंबई गए थे। वहाँ हमें क्यों नहीं ले गए?"

"वो भी काम से ही गया था बेटा।" विवान ने बेटे को समझने की कोशिश की।

"बस काम, काम, काम! दादी भी तो आपको कहीं वेकेशन पर जाने कह रही थीं लेकिन आप तो कुछ सुनते ही नहीं..." आरव बिल्कुल गुस्सा हो गया।

इस तरह हक से गुस्सा नव्या शायद कभी विवान से हो ही नहीं सकती थी। विवान तो उसे पहले ही झिड़क देता। इस तरह की ज़िद और गुस्सा तो अब उसका बेटा ही विवान से कर सकता था। और अब तो आरव सात साल का होने वाला था; उसे कुछ भी कह कर बेवकूफ नहीं बनाया जा सकता था।

तभी विवान ने बेटे के सिर पर प्यार से हाथ रखकर कहा, "बेटा ये भागदौड़ मैं किसलिए करता हूँ? हमारी कंपनी के लिए। श्रीलाल स्वीट्स के लिए जो आगे चलकर आपको संभालना है। आप भी तो चाहते हैं न कि हमारी ये कंपनी सबसे बड़ी स्वीट्स हाउस बने और हमारे रेस्टोरेंट की चेन हर जगह फैली हो? आपके दादा-दादी और आप प्राउड फ़ील करें?"

आरव ने थोड़ा सोचते हुए कहा, "हाँ वो तो है..."

"तो बस वही कर रहे हैं आपके पापा। पर हम कहीं वेकेशन भी जल्द प्लान करेंगे, ओके?" विवान ने मुस्कुराते हुए बेटे की तरफ देखा।

"ओके पापा।" आरव जितनी जल्दी गुस्सा होता था उतनी ही जल्दी पापा से मान भी जाता था।

बाप-बेटे के इस वार्तालाप को सुन नव्या सोचने लगी कि चाहे कोई भी वजह हो विवान को अपने बेटे के लिए तो समय निकालना ही चाहिए। पत्नी की उपेक्षा करते-करते, लगता है विवान यह भी भूल गए थे कि उनका बेटा अब बड़ा हो रहा था और आने वाले समय में उसके सवाल और भी तीखे होते चले जाएँगे। तभी नव्या के मन में एक और सवाल कौंधा – विवान अकेले ही जा रहे हैं या फिर रायना भी...जो शक नव्या के मन में आया वह बेबुनियाद नहीं था। इसकी संभावनाएं बिल्कुल थीं। और फिर कब तक वह इस शक को जबरदस्ती झटकती रहेगी। वैसे तो विवान ने काफी पहले साफ कर दिया था कि रायना सिर्फ उसकी दोस्त है और कुछ नहीं पर नव्या का मन इस बात को मानने को कतई तैयार नहीं था। दिल टूटने के दर से संदेह को कब तक झटकती रहेगी वह? वैसे भी उसका दिल कौन सा इतने सालों से आबाद था? थोड़ा और टूट जाएगा। कम से कम उसके पति की उससे रुसवाई की वजह तो पुख्ता हो!

* * *

नव्या ने गाड़ी स्टार अस्पताल के सामने रोकी। गाड़ी पार्क कर वह अस्पताल के रिसेप्शन पर आ गई।

"डॉक्टर रायना अग्रवाल से मिलना है।" नव्या ने रिसेप्शनिस्ट से कहा।

"एक मिनट रुकिए, मैं अभी चेक कर लेती हूँ।" कहकर रिसेप्शनिस्ट ने किसी को फोन लगाया।

नव्या बेसब्री से रिसेप्शनिस्ट का चेहरा ताक रही थी।

रिसेप्शनिस्ट ने फोन रखा और कहा, "मैडम, डॉक्टर रायना तो छुट्टी पर हैं। परसों वापस आ जाएँगी। मैं परसों का अपॉइंटमेंट बुक कर दूँ?"

सुनकर नव्या को काफी धक्का लगा। तो उसका शक सही था। रायना और विवान साथ में ही थे। मतलब जब भी विवान बाहर जाता तो रायना उसके साथ होती। बिजनेस ट्रिप तो लोगों को कहने के लिए था, असल में बिजनेस के साथ-साथ विवान के लिए प्लेज़र ट्रिप भी था। नव्या की आँखें डबडबा गईं। मन किया वहीं फुट-फुट कर रो पड़े।

"मैडम, अपॉइंटमेंट बुक कर दूँ?" रिसेप्शनिस्ट ने नव्या से दोबारा पूछा।

"नहीं, रहने दीजिए।" नव्या के कहा और बाहर की ओर निकल गई।

उसने बहुत कोशिश की पर अपने आँसुओं को थाम नहीं पाई। उसने साड़ी के पल्लू से अपनी आँखें पोंछीं और गाड़ी में आ गई। गाड़ी में ही बैठकर कुछ देर तक वह फुट-फुट कर रोती रही। उसका घर जाने का बिल्कुल मन नहीं कर रहा था।

तभी नव्या को याद आया कि घर से निकलते वक्त विवान किसी से फोन पर बात कर रहे थे और होटल सिल्वर पाम का नाम लिया था। नव्या ने गाड़ी स्टार्ट की और फिर मेघा के घर की तरफ गाड़ी मोड़ दी। मेघा की शादी हो चुकी थी लेकिन अभी कुछ महीने मेघा इंदौर में ही थी।

नव्या ने घर के मुख्य द्वार की कॉल बेल बजाई। मेघा बाहर आई।

"अरे नव्या? आ जा।" मेघा ने प्यार से उसे गले लगाया।

गले में मंगलसूत्र, माथे पर बिंदी और मांग में सिंदूर सजाए मेघा बहुत सुंदर लग रही थी। नव्या मेघा की शादी के बाद पहली बार उससे मिल रही थी।

"तुझमें तो गजब का बदलाव आ गया है। बहुत खूबसूरत लग रही है तू। वैसे तुझे डिस्टर्ब तो नहीं किया?" नव्या ने पूछा।

"पति साथ में होते तो डिस्टर्ब की बात सोच भी सकती थी पर वो बैंगलोर में हैं और मैं यहाँ। क्या डिस्टर्ब?" मेघा ने हँसते हुए कहा।

तभी मेघा की माँ बाहर वाले कमरे में आईं। "कैसी हो नव्या? घर-परिवार में सब ठीक?" उन्होंने पूछा।

"नमस्ते आंटी। सब ठीक है आंटी।" घर-परिवार की बात सुन नव्या का बोझिल मन और ज्यादा दुखी हो गया लेकिन अपने आप को संभालते हुए उसने मुस्कुराकर ही जवाब दिया। चेहरे पर झूठी मुस्कान लाना तो उसने अब तक बखूबी सीख लिया था। मेघा की माँ बाहर गार्डन में चली गईं। "मेघा, मुझे तुझसे कुछ जरूरी बात करनी है।"

"अच्छा फिर अंदर चल मेरे कमरे में।" मेघा समझ गई कि जरूर विवान को लेकर ही कुछ बात होगी।

दोनों अंदर कमरे में आ गए।

"हाँ, बता नव्या क्या बात है? तू कुछ परेशान सी लग रही है।"

"मेघा, विवान और रायना सिर्फ दोस्त नहीं हैं। उनका वाकई अफेयर चल रहा है।" नव्या ने रुंधे गले से कहा।

"मुझे तो हमेशा से ही ये लगता था पर तू ही इस बात को नजरअंदाज कर देती थी।"

"मैं बस अपनी शादी बचाना चाहती हूँ मेघा और कुछ नहीं।"

"सच्चाई से नजरें मोड़ लेने से सच बदल तो नहीं जाता न? खैर अभी ऐसा क्या हुआ है?"

"विवान तीन-चार दिनों के लिए रायपुर गए हैं। मैंने स्टार अस्पताल जाकर पता किया तो रायना भी छुट्टी पर है। अब इसका मैं क्या निष्कर्ष निकालूँ? मुझे पहले भी कई बार ऐसा लगा था कि विवान जरूरत से ज्यादा ही बिजनेस ट्रिप पर समय देते हैं और हो न हो रायना भी इनके साथ होती है। आज मैंने सोच लिया कि मैं पता करके रहूँगी।" नव्या एक पल को चुप हो गई और फिर मेघा से पूछा, "मेघा, तेरे तो जान पहचान के कई लोग हैं ना रायपुर में?"

"हाँ, मेरे कज़न्स हैं। कुछ दोस्त भी हैं। बता, क्या करना है?"

"मेघा, विवान सिल्वर पाम्स होटल में ठहरे हैं। क्या ये पता किया जा सकता है कि उनके साथ रायना भी है या नहीं? ये भी हो सकता है कि दोनों ने अलग-अलग कमरे बुक किए हों।"

"तू चिंता मत कर, मेरा नेटवर्क इतना मजबूत है कि मैं ये तेरे लिए बिल्कुल पता लगवा दूँगी।"

"मेघा, बस बात फैले नहीं।"

"तू चिंता मत कर।" मेघा ने नव्या को आश्वस्त किया। "मैं कल दोपहर तक पता करवा के तुझे बताती हूँ। वैसे मैं खुश हूँ कि अब इस बात को तू गंभीरता से ले रही है। चुप बैठने से कोई समाधान नहीं निकलता नव्या।"

नव्या ने मेघा की बात पर सहमति में हामी भरी।

नव्या का सिर दर्द से फटा जा रहा था। मेघा ने रात में ही उसे कॉल करके बता दिया था कि विवान और रायना होटल सिल्वर पाम्स में साथ में ही हैं। मेघा के मौसेरे भाई ने यह खुफियागिरी का काम किया था। और तो और, होटल की लॉबी में दोनों उसे दिख भी गए और उसने बड़ी चतुराई से दोनों की एक साथ एक फोटो भी ले ली। नव्या बार-बार उस फोटो को देख दुखी हो जाती। उसने अपना फोन बिस्तर पर पटक दिया।

पर क्यों इतनी भड़क रही है वो? कहीं न कहीं उसका अंतर्मन इस बात से वाकिफ था कि विवान और रायना के बीच नाजायज़ रिश्ते हैं। इन सब बातों को सोच-सोच कर उसका सिर इतना भारी हो चुका था कि वह घर से बाहर कहीं दूर खुली हवा में निकल जाना चाहती थी। तभी नव्या का फोन रिंग होने लगा। नव्या ने फोन के स्क्रीन पर आदित्य का नाम देखा और कॉल उठा लिया।

अपने रुँधे गले को थोड़ा दुरुस्त कर उसने कहा, "कैसे हो आदित्य?"

आदित्य: मैं ठीक हूँ नव्या। गलत समय पर तो फोन नहीं कर दिया?

नव्या: नहीं, नहीं, बिल्कुल नहीं। अच्छा किया जो फोन कर लिया। मुझे भी तुमसे बात करने का बहुत मन था।

आदित्य: अच्छा लगा मुझे ये सुनकर। नव्या, अगर तुम्हारे लिए मुमकिन हो तो क्या हम मिल सकते हैं? आज ऑफिस में कुछ खास काम नहीं है। अगर तुम आओगी, तो मैं आधे दिन की छुट्टी ले लूँगा। अगर तुमने लंच नहीं किया है तो आज मेरे साथ कर लेना।

नव्या के मन की बात शायद भगवान ने सुन ली। आदित्य के साथ कुछ समय बिताकर शायद वह अच्छा महसूस करे। घर में बैठे-बैठे तो उसके दिमाग में सिर्फ विवान और रायना ही घूमते रहेंगे।

नव्या: ठीक है, मैं आ जाऊँगी। कहाँ मिलना है?

आदित्य: तुम्हें इटालियन पसंद है न! चलो किसी अच्छे इटालियन रेस्टोरेंट में मिलते हैं। मैं तुम्हें पता मैसेज करता हूँ।

नव्या सोचने लगी कि सालों तक कोई संपर्क नहीं रहने के बाद भी आदित्य को उसकी पसंद कितनी अच्छी तरह याद है। नव्या को कहीं न कहीं मन में एक सुखद अनुभूति हुई। उसने दीवार पर टंगी घड़ी पर एक नजर डाली और वॉशरूम

में चली गई। नव्या ने अपना चेहरा फेसवॉश से अच्छी तरह धोया जिससे कि रोने-धोने का कोई निशान उसके चेहरे पर न दिखे। फिर एक नीले रंग की जॉर्जेट साड़ी वार्डरोब से निकाली। साड़ी पहन उसने हल्का सा मेक-उप कर लिया। तैयार होते हुए, उसे यह एहसास हुआ कि आदित्य से मिलने की बात पर कुछ हद तक तो उसका दुखी मन हल्का महसूस कर रहा था। कॉलेज के दिनों में भी तो वह जब भी किसी बात पर दुखी होती तो आदित्य से मिलते ही उसका मूड ठीक हो जाता। उन दिनों को याद कर नव्या अपने वर्तमान के गम भूलकर मुस्कुरा उठी। नव्या अपना हैंडबैग ले नीचे आ गई।

सासु माँ ससुर जी के साथ मिठाई की फैक्ट्री गई थीं। मानवी हमेशा की तरह लिविंग रूम में बैठी टीवी देख रही थी। उसका पति कुछ काम से दुबई गया था तो वह बेटे को लेकर मायके आ गई थी। बेटे का स्कूल घर से ज्यादा दूर नहीं था इसलिए घर का ड्राइवर लाना और ले जाना कर लेता था। एक ही शहर में मायका और ससुराल होने के फायदे थे। वैसे उसके ससुराल वाले बहुत अच्छे थे जो मानवी को कभी किसी बात के लिए मना नहीं करते थे।

"कहाँ जा रही हो भाभी?" नव्या पर पैनी दृष्टि डालते हुए मानवी ने पूछा।

"बाजार जा रही हूँ। साड़ियों की कुछ मैचिंग चूड़ियाँ लेनी हैं।"

नव्या ने देखा आरव मानवी के बेटे के साथ फोन पर कोई गेम खेलने में व्यस्त था। नव्या ने आरव को आवाज लगाई, "बेटे मैं बाजार जा रही हूँ; थोड़ी देर में आ जाऊँगी।"

"ओके मम्मा, मेरे लिए कुछ ले आना।" आरव ने नव्या की तरफ देखते हुए कहा और फिर तुरंत अपनी नजरें मोबाइल गेम पर गढ़ा लीं।

नव्या ने मुस्कुराते हुए सिर हिलाया। फिर सुनीता की ओर देखते हुए कहा, "सुनीता, मैंने मिल्कशेक बनाकर फ्रिज में रख दिया है। बच्चों को जब चाहिए, तब दे देना।"

सुनीता जो वहीं दरी बिछाए बैठी टीवी पर बड़े गौर से कोई धारावाहिक देख रही थी, नव्या की आवाज सुन टीवी के सम्मोहन से जागी। "हाँ भाभी।"

घर से बाहर निकलते वक्त नव्या ने गौर किया कि मानवी उसे पैनी नज़रों से देख रही थी जैसे उसके पूरे व्यक्तित्व को नज़रों से ही चीड़-फाड़ देगी। नव्या को साफ महसूस हो रहा था कि मानवी का व्यवहार उसके प्रति थोड़ा बेरुखा सा हो गया था। पता नहीं क्या चल रहा था उसके मन में। पर फिलहाल नव्या कुछ भी सोचकर और ज्यादा सिरदर्द नहीं लेना चाहती थी।

नव्या ने अपनी गाड़ी न लेकर आज टैक्सी ले ली। टैक्सी में बैठी नव्या सोच रही थी कि आज पहली बार वह घर में झूठ बोलकर किसी से मिलने जा रही थी। लेकिन वह कर भी क्या सकती थी? घर पर बैठे-बैठे विवान और रायना के बारे में सोच-सोच कर ही सिर फट जाता। घर में यह कहना मुनासिब नहीं लगा कि कॉलेज के दिनों के किसी पुरुष मित्र से मिलने जा रही है। बात का बतंगड़ बनते देर न लगती। फिलहाल उसने इन सारी बातों को दिमाग से झटक दिया।

टैक्सी एक इटालियन रेस्टोरेंट के सामने आकर रुकी। नव्या ने ड्राइवर को पैसे दिए और उतर गई। सुबह बारिश होने की वजह से मौसम काफी सुहावना हो गया था। तभी आदित्य का मैसेज आया।

"बस पाँच मिनट में पहुँच रहा हूँ।"

नव्या की नजर फोन पर आज की तारीख पर गई...28 जुलाई। "ये तारीख ..." नव्या को लगा कुछ तो खास है इस तारीख में। दिमाग पर थोड़ा जोर डाला तो याद आया कि 28 जुलाई को तो आदित्य का जन्मदिन होता है। कॉलेज के दिनों में वह इस दिन आदित्य के लिए उसकी पसंद का रेड वेल्वेट केक खरीदकर लाती थी और दोनों काफी एन्जॉय करते थे।

नव्या ने इधर-उधर नजर दौड़ाई। सड़क के दूसरी ओर उसे एक बेकरी दिखी। नव्या ने फटा-फट सड़क पार किया और दुकान पर आ गई।

शीशे के केस के अंदर उसे रेड वेल्वेट केक दिख गया। "केक फ्रेश बने हैं?" नव्या ने दुकानदार से पूछा।

"हाँ मैडम, अभी कुछ देर पहले ही बनकर आए हैं।" दुकानदार ने बताया।

"ठीक है, ये रेड वेल्वेट केक पैक कर दो।"

"इसपर कुछ लिखना है?"

"हैप्पी बर्थ डे आदित्य।" कहते हुए नव्या के होंठों पर हल्की सी मुस्कान तैर गई। उसे कॉलेज के वो पुराने दिन याद आ गए।

केक खरीदकर नव्या वापस उस रेस्टोरेंट के पास आ गई। आदित्य आ चुका था और उसका इंतज़ार कर रहा था।

"कहाँ चली गई थी नव्या?" आदित्य ने पूछा।

"तुम्हारे लिए रेड वेल्वेट केक लेने।" नव्या ने एक मीठी मुस्कान के साथ कहा। आदित्य एक पल को उसे देखता रहा। "हैप्पी बर्थ डे, आदित्य!" नव्या ने प्यार से केक का पैक उसकी ओर बढ़ा दिया।

"थैंक यू।" आदित्य की आँखें भाव-विभोर सी नव्या को ताक रही थीं।

"तो अब केक कटिंग करके तुम्हारा जन्मदिन मनाएँ?"

"यहाँ इस रेस्टोरेंट में तो मुश्किल है। वैसे मेरा घर यहाँ से पास ही है। अगर तुम कहो तो घर पर चलें? लंच वहीं मंगा लेंगे।"

आदित्य की इस बात पर नव्या थोड़ी सोच में पड़ गई। फिर उसे लगा कि किसी रेस्टोरेंट या कोई और पब्लिक जगह पर बैठने से तो अच्छा है आदित्य के घर पर ही चल लें। "ठीक है चलो।" नव्या ने हामी भर दी।

दोनों आदित्य की गाड़ी में बैठ गए और कुछ ही मिनटों में उसके फ्लैट पर पहुँच गए।

नव्या ने देखा बहुत ही अच्छे पेस्टल शेड में घर की दीवारें रंगी हुई थीं। परदे, कालीन, वॉल पेंटिंग्स, सब आँखों को सुकून दे रहे थे। "घर तो तुमने बहुत अच्छा सजा रखा है आदित्य। लगता ही नहीं है कि इस घर में कोई स्त्री नहीं रहती है।"

"अकेले रहते हुए अब काफी साल हो गए हैं। धीरे-धीरे सारे सलीके सीख गया हूँ। याद है जब हम कॉलेज में थे तब कभी-कभी तुम मेरे उस एक बेडरूम वाले फ्लैट पर आया करती थी और सारा सामान बिखरा हुआ देख कहती थी - 'आदित्य, कुछ तो ढंग सीख लो'। देखो अब तो मैंने जीने का ढंग सीख लिया है न।" कहकर आदित्य हँस पड़ा। "अच्छा तुम बैठो, मैं तुम्हारे लिए पानी लेकर आता हूँ।" आदित्य किचन में चला गया।

आदित्य की ये बातें नव्या को अंदर से गुदगुदा गईं। वह तो इन छोटी-छोटी बातों को बिल्कुल भूल ही गई थी। लेकिन आदित्य को सब कुछ याद था। उससे जुड़ी एक-एक छोटी से छोटी याद भी उसने अपने दिल में सँजोकर रखी थी। कितना प्यार करता है आदित्य उसे! और ठीक इसके विपरीत उसकी शादीशुदा ज़िंदगी हैं जहाँ बस प्यार ही नहीं है। नव्या न चाहते हुए भी विवान और आदित्य की तुलना करने से अपने आप को रोक नहीं पा रही थी। वह जानती थी इसके कोई मायने नहीं हैं। पर नियति ने आखिर अचानक से आदित्य को उसके सामने लाकर क्यों खड़ा कर दिया? अजीब पहेली है ये ज़िंदगी!

तभी आदित्य पानी लेकर आ गया।

नव्या ने पानी पीकर ग्लास टेबल पर रख दिया। "चलो अब केक काटते हैं।" नव्या ने केक की तरफ इशारा किया।

"पहले लंच ऑर्डर कर देता हूँ। अच्छा बताओ, क्या खाओगी? इटालियन में पिज़्ज़ा और पास्ता के अलावा मुझे कुछ और समझ नहीं आता। फ़िरंगी डिश के

मामले में मैं थोड़ा अनाड़ी ही हूँ।"

नव्या हँस पड़ी। "आज तुम्हारा जन्मदिन है तो आज तुम्हारी पसंद का कुछ खाते हैं।"

"फिर तो कुछ देसी ही ऑर्डर कर देता हूँ।"

"हाँ, ये सही है।" नव्या ने सहमति दी।

आदित्य ने ऑनलाइन खाना ऑर्डर कर दिया। फिर उसने केक काटा और नव्या को खिलाया। नव्या ने भी एक छोटा सा टुकड़ा आदित्य के मुँह में डाल दिया। केक खाते हुए दोनों सोफ़ा पर आकर बैठ गए।

नव्या के चेहरे पर नजरें गड़ाए आदित्य ने संजीदगी से पूछा, "नव्या, अगर तुम मुझे अपना दोस्त समझती हो तो प्लीज़ बताओ कि क्या परेशानी है तुम्हारी ज़िंदगी में। उस दिन तुम्हारी आँखों में आँसू देखे थे मैंने।"

आदित्य के इस सवाल ने नव्या के चेहरे पर उदासीनता की रेखाएँ खींच दीं।

नव्या को चुप देख, आदित्य ने फिर से कहा, "नव्या, कुछ तो हैं जो तुम्हें अंदर ही अंदर खाए जा रहा है। प्लीज़ मुझे बताओ, तुम अपना हर दर्द मुझसे बाँट सकती हो।

नव्या का मन अंदर से इतना शोकाकुल था कि वाकई उसे अपने मन का बोझ हल्का करने की जरूरत महसूस हो रही थी। आदित्य से तो वह अपनी बेरंग शादीशुदा ज़िंदगी का हाल साझा कर ही सकती थी।

"आदित्य, मेरे और विवान के बीच कुछ सही नहीं है। हम बस नाम का रिश्ता ढो रहे हैं।" नव्या का चेहरा बिलकुल उदासीन हो गया।

"खुलकर बताओ नव्या।" आदित्य काफी गंभीर हो गया।

"शादी के दो साल तक तो सब कुछ ठीक था। विवान बहुत प्यार करते थे। हमारा बेटा आरव पैदा हुआ और जीवन की बगिया महक उठी। लेकिन फिर धीरे-धीरे सब कुछ बिखरता चला गया। विवान की पुरानी गर्लफ्रेंड रायना लंदन से वापस आई और विवान मुझसे दूर होते चले गये। रायना स्टार अस्पताल में डॉक्टर है। जब मैंने विवान से रायना के बारे में पूछा तो उन्होंने उसे सिर्फ एक अच्छा दोस्त बताया। मैं उनसे किसी तरह की नाराजगी या घर में किसी तरह का कलेश नहीं चाहती थी। इसलिए मैं उनकी बात पर यकीन कर सब कुछ नजरअंदाज करती चली गई। लेकिन समय के साथ हमारा रिश्ता मृतप्राय हो गया। हमारे बीच पति-पत्नी जैसा कुछ रहा ही नहीं। प्यार, भावनाएँ, यहाँ तक कि शारीरिक रिश्ता... सब खत्म हो चुका है। विवान रायना के फ्लैट पर और शहर से बाहर होटलों में

उसके साथ काफी वक्त व्यतीत करते हैं। ऐसा लगता है जैसे मैं उन दोनों के बीच जबरदस्ती दीवार बन गई हूँ।" कहते-कहते नव्या बिल्कुल रुआँसी हो गई।

नव्या की ऐसी हालत देख आदित्य को काफी दुख हुआ। "नव्या, तुम्हारे सास-ससुर या तुम्हारे मायके वालों को ये सब कुछ मालूम है?" आदित्य ने स्थिति की गहराई को समझने की कोशिश की।

"मेरी माँ का कहना है कि मुझे अपनी गृहस्थी को हर तरह से संभालना है। बस संभालने की कोशिश करती जा रही हूँ।" नव्या के चेहरे पर एक खोखली हँसी थी।

"और तुम्हारे ससुराल वाले?"

"मुझे लगता है सबको सब कुछ दिख रहा है लेकिन ये बात और बड़ी न हो जाए और घर की चारदीवारी से बाहर न चली जाए यह सोचते हुए सब चुप हैं।"

"तो ऐसे कैसे चलेगा नव्या? इसका हल तो ढूंढना पड़ेगा।"

"मुझे डर लगता है कि किसी दिन विवान खुल के मुझे अपनी ज़िंदगी से जाने न कह दें।" नव्या ने दुखी मन से कहा।

"ऐसा कैसे कह सकता है वो? अब तो एक बेटा भी है तुम दोनों का।"

"पता नहीं आदित्य, मेरी ज़िंदगी में क्या लिखा है।" नव्या की आँखों से मोती टपक पड़े।

नव्या को इस हाल में देख कर आदित्य का मन कराह उठा। आदित्य नव्या के बिल्कुल करीब आ गया। नव्या के हाथ पर हौले से अपना हाथ रखते हुए उसने कहा, "नव्या ऐसे रो-रो कर, घुट-घुट कर कब तक यूँ जीती रहोगी?" वैसे कहने को आदित्य तो यह भी कहना चाहता था – "नव्या, निकल जाओ ऐसी ज़िंदगी से और आ जाओ मेरे पास। मैं कल भी तुमसे बेइंतेहा प्यार करता था और आज भी करता हूँ।" बस कहा नहीं उसने; कहीं नव्या ये न सोच ले कि वह मौके का फायदा उठा रहा है।

नव्या ने अपना हाथ आदित्य के हाथ से अलग किया और कहा, "शादी के बाद मैंने विवान को अपना सब कुछ समझा है, उनसे बहुत प्यार किया है और मैं हर कोशिश कर रही हूँ अपनी शादी बचाने की। बाकी भविष्य के गर्भ में मेरे लिए क्या रखा है मुझे भी नहीं पता।"

दोनों चुप हो गए और फिर कुछ ही मिनटों में खाना आ गया। आदित्य ने खाना टेबल पर रखा और किचन से प्लेट और कटोरियाँ ले आया। नव्या ने दोनों के लिए खाना सर्व किया।

आदित्य को अपनी शादीशुदा ज़िंदगी का हाल बताकर नव्या को काफी हल्का महसूस हो रहा था। आदित्य का अपनापन काफी सुकूनदायक था।

"तुमने यहाँ आने के लिए घर पर क्या बताया नव्या?" आदित्य ने नान के साथ पनीर का एक टुकड़ा मुँह में डालते हुए पूछा।

"घर पर सिर्फ मेरी ननद मानवी थी। कह दिया कि बाजार से चूड़ियाँ लेने जा रही हूँ।"

"सॉरी, मेरी वजह से तुम्हें झूठ बोलना पड़ा।"

"सच बताती तो मानवी को मेरे बारे में बेवजह बकवास करने का मौका मिल जाता और मैं उसे कोई मौका नहीं देना चाहती।"

"थैंक्स नव्या, मुझसे मिलने के लिए और मेरे जन्मदिन को खूबसूरत बनाने के लिए। तुम नहीं आती तो मैं ऑफिस में ही बैठा रहता और शाम में घर आकर खाना खाकर सो जाता।" आदित्य हौले से मुस्कुराया।

"थैंक्स की क्या बात है? तुमसे मिलकर मुझे भी बहुत अच्छा लगा।"

"फिर मिलोगी मुझसे?" आदित्य ने थोड़ा झिझकते हुए पूछा।

नव्या ने मुस्कुराते हुए सिर हिला दिया।

खाना खाकर नव्या जाने को तैयार हो गई।

"चूड़ियाँ लिए बिना जाओगी तो फिर मानवी सवाल करेगी।" आदित्य ने नव्या को याद दिलाया कि वह बाजार जाने का कहकर आई है।

"अरे हाँ! मैं यहाँ से बाजार निकल जाती हूँ।"

"मैं ले चलता हूँ। अकेले से दो भले, है न? और फिर घर ड्रॉप कर दूँगा।"

"अच्छा ठीक है, चलो।" नव्या को वाकई आज एक अच्छे दोस्त की जरूरत थी। अकेले बाजार में तो उसके दिमाग में फिर से विवान और रायना ही घूमते रहते।

आदित्य ने गाड़ी बाजार से थोड़ी दूर पार्क कर दी और दोनों बाजार की सड़कों से होते हुए आगे बढ़ते गए। नव्या 'शिवाय चूड़ी सेंटर' के सामने आकर रुक गई। इसी दुकान से नव्या अक्सर चूड़ियाँ लिया करती थी और दुकानदार भी जानता था कि वह बिंदल परिवार की बहु है। नव्या को वैसे भी पिछले महीने खरीदी अपनी नई साड़ियों के लिए मैचिंग चूड़ियाँ लेनी थीं। नव्या चूड़िया निकलवाकर देखने लगी। आदित्य वहीं पास खड़ा उसकी चूड़ियों की पसंद-नापसंद देख मुस्कुराता रहा।

नव्या ने चूड़ियों के कुछ सेट बनवा लिए और आदित्य की ओर देखकर पूछा, "अच्छी लग रही हैं ये?"

"तुम पर हर रंग, हर डिज़ाइन फबता है।"

आदित्य की इस बात पर नव्या मुस्कुरा उठी। उसे याद आ गया कि कॉलेज के दिनों में भी तो आदित्य बिल्कुल यही कहता था। तभी नव्या ने ध्यान दिया कि दुकानदार बड़े गौर से नव्या के पास खड़े आदित्य को देख रहा था। शायद यह समझने की कोशिश कर रहा था कि आज बिंदल परिवार की बहु किसके साथ आई है। वैसे तो नव्या इस दुकान पर ज्यादातर मानवी या अपनी सास के साथ ही आई थी लेकिन दुकानदार विवान को भी पहचानता था। आज उसके साथ किसी अनजान मर्द को देख कुछ ऐसा-वैसा न सोच ले दुकानदार। नव्या ने इस बात को तो सोचा ही नहीं था। उसने फटा-फट चूड़ियाँ पैक करवाईं और पैसे देकर वहाँ से निकल गई।

आगे एक दुकान से नव्या ने आरव और शुभम के लिए चॉकलेट्स लिए और आदित्य के साथ वापस उसकी गाड़ी में आ गई। रास्ते में दोनों कॉलेज के दिनों की बातें करते रहे। नव्या को अपनी रोजमर्रा की ज़िंदगी से इतर उन दिनों की बातें याद करके काफी अच्छा महसूस हो रहा था। उसका भारी मन आदित्य से मिलकर, उससे बातें कर कुछ समय के लिए ही सही, अपने गमों को भूल गया था।

आदित्य ने गाड़ी नव्या के बंगले के ठीक सामने रोकी। नव्या को ध्यान आया कि उसे गाड़ी घर से थोड़ा पहले ही रुकवा लेनी चाहिए थी। खैर, आस-पास कोई नहीं था।

"आदित्य, फिर से तुम्हें जन्मदिन की बहुत-बहुत बधाई।"

"तुमने मेरा जन्मदिन आज स्पेशल बना दिया।" आदित्य ने प्यार से कहा।

नव्या ने मुस्कुरा दिया और अपना हैंडबैग और चूड़ियों का पैक लेकर गाड़ी से उतर गई।

* * *

डिनर करने के बाद नव्या बेडरूम में आ गई। आरव को अब अपना अलग कमरा मिल चुका था और अब वह वहीं सोता था। बिस्तर पर बैठी, विवान का इंतजार कर रही नव्या अपने फोन पर कुछ मैसेज देखने लगी। थोड़ी देर में विवान भी बेडरूम में आ गया।

"कैसा रहा रायपुर का ट्रिप?" नव्या ने बड़ी मुश्किल से अपने भाव सामान्य रखते हुए पूछा।

"ठीक था। प्रॉब्लम्स सॉर्ट हो गए हैं।" कहकर विवान बिस्तर पर हमेशा की तरह एक कोने में लेट गया।

काफी सोच-विचार के बाद नव्या ने आज फैसला लिया था कि वह विवान से रायना की कोई बात नहीं करेगी। आज कुछ और ही बात करनी थी उसे। नव्या खिसककर विवान के बिल्कुल करीब आ गई। उसने अपना हाथ प्यार से विवान की छाती पर रख दिया।

"विवान, मैं आपसे कुछ बात करना चाहती हूँ।" नव्या ने विवान को प्यार से निहारते हुए कहा।

"हाँ, बोलो।"

"मैं सोच रही थी कि आरव तो अब बड़ा हो गया है तो क्यों न हम आरव के छोटे भाई या बहन को लाने का प्रयास करें। मम्मी जी भी कह रही थीं कि अब हमें दूसरा बेबी प्लान करना चाहिए।"

नव्या की यह बात सुनकर विवान का चेहरा ही उतर गया।

विवान के कुछ कहने से पहले ही नव्या ने आगे कहा, "अब आप मुझसे इतनी दूरियाँ बनाकर रहेंगे तो दोबारा घर में किलकारियाँ कैसे गूंजेंगी?"

विवान ने तुरंत नव्या का हाथ अपने सीने से हटाकर अलग कर दिया और बेरुखी से कहा, "दूसरे बच्चे की जरूरत नहीं है। एक ही काफी है।"

"पर विवान..."

नव्या को बीच में ही रोकते हुए विवान ने झुँझलाते हुए कहा, "नव्या प्लीज़, मैं बहुत थक गया हूँ और अभी सोना चाहता हूँ।" यह कहकर विवान ने मुँह फेरते हुए करवट ले लिया।

नव्या जानती थी कि अगर उसने और ज्यादा कुछ कहा तो विवान झल्लाकर कमरे से बाहर चल जाएगा। वह उदास हो चुप-चाप लेट गई। उसकी आँखों में नींद तो नहीं लेकिन आँसू जरूर आ गए। विवान को अपने पास लाने की उसकी हर कोशिश नाकामयाब हो रही थी। वह आखिर करे तो क्या करे? कैसे अपनी शादीशुदा ज़िंदगी को पटरी पर लाए? नव्या सोचती रही लेकिन उसे सब कुछ धुंधला ही दिख रहा था। ग़मगीन दिल और नम आँखें तो जैसे अब उसकी नियति बन गई थी।

नव्या अपना अगला उपन्यास पूरा करने में लगी हुई थी। उसने अपनी संपादिका तारा को कह दिया था कि कुछ दिनों में वह किताब पूरी करके भेज देगी। नव्या हमेशा से ही लिखने के मामले में समय की पाबंद थी। निजी ज़िंदगी में चाहे जो भी परेशानी हो, वह रोज कुछ घंटे अपने लेखन को जरूर देती थी। वैसे भी, बेटा आरव और उसका लेखन यही दोनों तो उसके दिल और दिमाग को व्यवस्थित रखते थे। लिखते-लिखते नव्या की नजर दीवार पर टंगी घड़ी पर गई। दोपहर के खाने की तैयारी भी करनी थी। तभी उसे ध्यान आया कि आज तो घर में उसके अलावा सिर्फ मानवी और बच्चे ही हैं। मम्मी जी अपने किसी परिचित के घर गई थीं और उनका खाना वहीं होना था। रायपुर से वापस आने के कुछ दिनों बाद ही विवान को फिर से रायपुर जाना पड़ा और इस बार पापाजी भी उनके साथ गए थे। मानवी आज शायद बाहर से ही कुछ मँगवा के खाने के मूड में थी।

तभी नव्या का फोन रिंग हुआ। नव्या ने देखा साहनी जी का कॉल था। वह समझ गई कि किताब के समापन के बारे में ही पूछने के लिए फोन किया होगा। नव्या ने तुरंत फोन उठा लिया। नेटवर्क की दिक्कत की वजह से उधर से आवाज सुनाई नहीं दे रही थी। नव्या फोन कान में लगाए अपने कमरे से बाहर निकल आई। बाहर फोन का नेटवर्क थोड़ा बेहतर था। फोन पर बात करती हुई नव्या छत पर चली गई। इसी बीच नव्या ने गौर नहीं किया कि मानवी वहीं उसके कमरे के बाहर थोड़ी दूरी पर खड़ी थी। नव्या की फोन पर बात-चीत के थोड़े-बहुत अंश मानवी ने सुन लिए थे। और जितना उसने सुना उसे यही समझ आया कि नव्या प्रकाशक से बात कर रही थी।

"आखिर ऐसी कौन सी महान कृति की रचना कर रही है ये जो इतने समय से खत्म ही नहीं हो रही। उसकी पिछली किताब आए हुए तो काफी समय भी हो गया है।" मानवी ने मन ही मन सोचा। मानवी ने देखा कमरे में नव्या का लैपटॉप खुला था। मानवी कमरे के अंदर आ गई। कुर्सी पर बैठ वह लैपटॉप के स्क्रीन पर नजरें दौड़ाने लगी। नव्या जो उपन्यास अभी लिख रही थी वह खुला पड़ा था। मानवी उपन्यास के कुछ अंश पढ़ने लगी। कुछ पन्ने पढ़ते हुए उसकी आँखें अचरज से फैलती चली गईं। फिर उसने पहले पन्ने पर देखा तो उपन्यास का नाम लिखा था और उसके नीचे 'क्वीन'। उपन्यास जिस फ़ोल्डर में था, मानवी उसमें पड़े और डॉक्युमेंट्स देखने लगी। नव्या के लिखे हुए अब तक के सारे उपन्यासों का ड्राफ्ट

उस फोल्डर में था। उपन्यासों के आवरण चित्र भी वहीं एक फोल्डर में सेव किए हुए थे।

ये सब कुछ देख मानवी के चेहरे पर एक कुटिलता भरी मुस्कान तैर गई। "तो नव्या ही क्वीन है जिसकी सेक्सी किताबों के पीछे लोग बौराए रहते हैं और कई तो छुप-छुपाकर भी पढ़ते है। वेब सीरीज भी तो बन चुकी है इसकी किताबों पर... तो इतनी पहुँची हुई चीज है ये नव्या!" मानवी अपने आप में बुदबुदाई। तभी उसकी नजर लैपटॉप के टास्क बार पर पड़ी। क्वीन के नाम से एक ईमेल आईडी का इनबॉक्स खुला हुआ था। मानवी मेलबॉक्स खोलकर मेल्स पर नजरें दौड़ाने लगी। कुछ एक मेल्स उसने खोलकर पढ़े। ये सारे क्वीन के फैन थे जिनको नव्या ने बड़े चाव से जवाब भी भेजा था। मानवी का चेहरा इस तरह चमक उठा जैसे वह किसी बड़े रहस्य की राजदार हो गई हो।

"अब तू देखती जा नव्या, मैं कैसा विस्फोट करती हूँ!" मानवी ने मन ही मन सोचा और तुरंत अपने फोन से नव्या के लैपटॉप की स्क्रीन के कुछ फोटो खींच लिए। मानवी अपना हर काम पुख्ता रखती थी।

वह नव्या के कमरे से बाहर निकली और सीधा अपने कमरे में गई। उसने कमरे का दरवाजा अंदर से बंद कर लिया और रायना को फोन लगाया।

रायना: हाय मानवी, कैसी हो?

मानवी: मैं ठीक हूँ रायना। तुम्हें एक विस्फोटक बात बताने के लिए फोन किया है मैंने। ऐसी बात जो हमारा काम आसान कर देगी।

रायना: ऐसा क्या है मानवी?

रायनी काफी उत्सुक हो गई।

मानवी: आज मुझे नव्या का लैपटॉप उसके कमरे में खुला मिला। नव्या कमरे में नहीं थी तो मैं उसके लैपटॉप को खंगालने लगी। तभी मुझे नव्या के एक रहस्य का पता चला। तुमने क्वीन का नाम सुना है?

रायना: हाँ सुना तो है। सेक्सी नॉवेल्स लिखती है; काफी लोकप्रिय है।

मानवी: नव्या ही है क्वीन! छद्म नाम से लिखती है।

रायना: क्या? आर यू श्योर?

रायना को जैसे विश्वास ही नहीं हुआ।

मानवी: बिल्कुल। आज उसके लैपटॉप से मुझे उसके इतने दिनों से दबाए रहस्य का पता चल गया। इस बात का जब घर में खुलासा होगा तो भूचाल आ

जाएगा। बिंदल परिवार की बहु अश्लील किताबें लिखती है! और इसके बाद नव्या का घर से जाना तय है।

रायना: लेकिन मानवी, हो सकता है आंटी और अंकल इस बात को यहीं दबा दें और नव्या का लिखना बंद करवा दें।

रायना कुछ क्षणों के लिए चुप रही और फिर कुछ सोचते हुए उसने आगे कहा, "हमें कुछ बड़ा सोचना होगा मानवी। नव्या के इस सीक्रेट को पब्लिक करना होगा।"

मानवी: क्या कहना चाह रही हो रायना?

रायना: तुम मुझे थोड़ा समय दो मानवी। मैं कुछ करती हूँ। तब तक इस बात को अपने तक ही रखो।

मानवी: ठीक है।

और दोनों के बीच वार्तालाप खत्म हो गया।

* * *

दोपहर के साढ़े बारह बज रहे थे और नव्या सुनीता के साथ किचन में खाना की तैयारी कर रही थी। बाहर लिविंग रूम में मालती देवी अपने पति और बेटे के साथ कारोबार की बातें कर रही थी। कल रात ही विवान और उसके पिता रायपुर से वापस आए थे और वहाँ की स्थिति की चर्चा कर रहे थे। मानवी भी पास में ही बैठी थी और अपने फोन पर कुछ देख रही थी। तभी मानवी के पास रायना का फोन आया। मानवी तुरंत फोन उठाकर बैठकी से बाहर चली गई।

रायना: मानवी, घर पर सब हैं न?

मानवी: हाँ पर क्या हुआ?

रायना: सुनो ठीक एक बजे सीसीएन एमपी चैनल टीवी पर लगा लेना। 'दोपहर अतरंगी' कार्यक्रम में आज क्वीन की असली पहचान का खुलासा होगा। तुम्हें तो पता ही है कि 'दोपहर अतरंगी' की कितनी जबरदस्त व्यूअरशिप है। आज पूरे इंदौर या यूँ कहें कि पूरे एमपी को पता चल जाएगा कि नव्या ही क्वीन है। और कल के अखबारों में भी यह खबर आ जाएगी। फिर धीरे-धीरे बात हर जगह फैल जाएगी।

मानवी: क्या बात कर रही हो? क्या वाकई ये खबर टीवी पर आएगी?

रायना: यस डिअर। इतनी लोकप्रिय और बेस्टसेलिंग लेखिका है और उससे जुड़ी इतनी मसालेदार खबर ये। मीडिया को क्या चाहिए, मसाला!

मानवी: लेकिन कैसे किया तुमने ये?

रायना: बस यूँ समझ लो मीडिया में मेरी जान पहचान है। मीडिया वालों को चटपटी और सनसनी खबर की तलाश हमेशा ही रहती है। तुम बस अब ये ध्यान रखो कि घर के सभी सदस्य उस समय टीवी के सामने हों और जब सच सामने आ जाए तब आग में घी डालने का काम तुम अच्छी तरह करो।

मानवी: उसकी तुम चिंता मत करो। मुझे उसमें महारथ है।

रायना: गुड! अब मैं फोन रखती हूँ।

मानवी लिविंग रूम में वापस सबके बीच आ गई।

एक बजने में अभी कुछ मिनट बचे थे, तभी मानवी ने टीवी चला दिया। कुछ देर बाद 'दोपहर अतरंगी' कार्यक्रम शुरू हो गया। टीवी पर शो के एंकर ने सनसनी अंदाज में खबर देना शुरू कर दिया।

"आज हम एक ऐसी शख्सियत की वास्तविक पहचान का खुलासा करने वाले हैं जिसकी लेखनी के दीवाने न जाने कितने हैं। जिसने बोल्ड रोमांस और वेब सीरीज लिखकर लोगों के दिलों में खलबली मचा दी है। जिसकी लेखनी में होता है प्रेम और कामुकता का उत्सव! जी हाँ, हम बात कर रहे हैं रोमांस की रानी 'क्वीन' की, एक ऐसी कलम जिससे निकली कहानियाँ लोगों की धड़कनें बढ़ा देती हैं, दिलों-दिमाग में एक नशा सा घोल देती हैं।"

क्वीन का नाम सुनते ही विवान की नजरें एक दम से टीवी पर टिक गईं।

एंकर ने आगे कहना शुरू किया, "हर कोई यह राज जानना चाहता है कि आखिर कौन है ये क्वीन? तो क्वीन का असली नाम है – नव्या बिंदल जो इंदौर की रहने वाली हैं।" साथ ही ऐंकर ने नव्या की तस्वीर भी डिस्प्ले कर दी।

नव्या का नाम और फोटो टीवी पर देखते ही वहाँ बैठे सभी की आँखें फटी की फटी ही रह गईं।

तभी घर वालों की तरफ देखते हुए मानवी ने आश्चर्य जताते हुए कहा, "ये क्या है? नव्या और क्वीन? मैंने तो सुना है कि क्वीन बहुत ही घटिया और अश्लील किताबें लिखती है। भाभी कैसे हो सकती हैं क्वीन? ये क्या है भाई? भाभी क्या छद्म नाम से लिखती हैं?"

विवान का चेहरा गुस्से से तमतमा गया। "मुझे कुछ नहीं पता इस बारे में।"

मालती देवी और भुवन बिंदल के चेहरे भी सख्त हो उठे। उधर टीवी पर नव्या की किताबों की झलकियाँ और उस पर बेस्ड वेब सीरीज के कुछ सीन बार-बार दिखाए जा रहे थे। ये सब कुछ देखकर मालती देवी का सिर भन्ना उठा।

"क्या तमाशा है ये? नव्या अश्लील किताबें लिख रही थी अब तक!" मालती देवी की आँखों में गुस्सा था।

"और कितनी चालाकी से हमसे छुपा के भी रखा था।" मानवी ने आग में घी डालने का काम शुरू कर दिया था।

"नव्या... नव्या!" विवान जोर से चिल्लाया।

इतनी तेज आवाज सुनकर नव्या किचन से भागी चली आई। वहाँ पर सभी को इस तरह से तेवर में देख नव्या सहम गई।

"तुम क्वीन के नाम से घटिया किताबें लिखती हो?" विवान ने नव्या की तरफ देखते हुए सख्ती से पूछा।

तभी नव्या का ध्यान टीवी पर गया। कुछ ही पलों में उसे समझ आ गया कि आज क्वीन की वास्तविक पहचान लोगों के सामने आ चुकी है। कैसे आई, यह उसकी समझ से परे था।

घर के सभी लोग उसको खा जाने वाली नज़रों से घूर रहे थे। सुनीता भी किचन से निकलकर बाहर आ चुकी थी।

नव्या को चुप देख, विवान ने फिर से गर्जना की, "मैंने पूछा तुम ही हो क्वीन?"

"हाँ, मैं ही हूँ क्वीन।" नव्या ने धीमे से कहा।

"तुम ऐसी घटिया चीजें कैसे लिख सकती हो? हम तो तुम्हें बहुत संस्कारों वाली लड़की समझते थे।" विवान के पिता ने भौंहें सिकोड़ते हुए कहा।

तभी मालती देवी का फोन बजने लगा। फोन पड़ोस की मिसेज़ चड्ढा का था। उन्होंने फोन उठाया।

"मालती जी, टीवी पर आपकी बहू के बारे बताया जा रहा है। क्या वाकई आपकी बहु ही क्वीन है? आपकी बहु इस तरह की किताबें लिखती है?" मिसेज़ चड्ढा ने ऐसे पूछा जैसे नव्या ने कोई बहुत ही निकृष्ट काम किया था।

"मिसेज़ चड्ढा, मैं बाद में बात करूँगी।" कहकर मालती ने फोन काट दिया।

उन्होंने फोन रखा ही था कि फिर किसी परिचित का फोन आ गया। मालती ने बेमन से फोन उठाया।

"ये मैं क्या सुन रही हूँ मालती? नव्या काम-वासना की पुस्तकें लिखती है?" फोन के दूसरी तरफ से आवाज आई।

अब तो मालती देवी बिल्कुल झल्ला गई। जिसे जो समझ आ रहा था, वो कह रहा था। उन्होंने बिना कुछ उत्तर दिए ही फोन काट दिया।

“देख रही हो नव्या तुम्हारी वजह से कितनी बदनामी हो रही है हमारी। अभी सारे रिश्तेदारों और परिचितों में ये बात फैल जाएगी। मैं किस-किस को जवाब देती फिरूँगी।”

“लेकिन मम्मी जी, मैंने किताबें ही तो लिखी हैं। कुछ गलत नहीं किया।” नव्या ने अपनी सास को समझाने की कोशिश की।

“कुछ गलत नहीं किया तो तुम्हें नाम बदलकर लिखने की जरूरत क्यों पड़ी?” मालती देवी ने दहाड़ते हुए कहा।

“मम्मी जी, वो इसलिए क्योंकि अभी भी कुछ लोग कामुक रोमांस को लेखन की एक विधा न समझ इसे अश्लीलता से जोड़ते हैं।” नव्या ने फिर से एक कोशिश की अपनी बात रखने की।

“विल यू जस्ट शट अप नव्या!” विवान ने जोर से एक थप्पड़ नव्या के गाल पर जड़ दिया। आज तक उसने कभी नव्या पर हाथ नहीं उठाया था। लेकिन आज वह आपा खो चुका था। “तुम्हें शर्म नहीं आ रही गलत को सही ठहराने के लिए माँ से बहस कर रही हो।” विवान बिफर पड़ा।

नव्या की आँखों में आँसू आ गए। उसने अपने आप को संभाला और हिम्मत करके एक बार फिर बात संभालने की कोशिश की।

“लेकिन विवान मैं तो...”

उसे बीच में ही रोकते हुए मानवी ने सख्ती से कहा, “बस करो नव्या, कितनी बत्तमीज़ी करोगी। शर्म-हया तो जैसे तुमने धोकर पी लिया है।”

नव्या को ऐसा लगा जैसे चारों तरफ से लोग उसे काटने को दौड़ रहे हों। कामुक उपन्यास लिखकर क्या उसने इतनी बड़ी गलती कर दी थी? *नहीं, उसने कुछ गलत नहीं किया।* नव्या ने अपने आप को मजबूत किया।

“विवान, अगर मेरा लिखना इतना ही गलत है, तो आपके स्टडी में मेरी पुस्तक क्या कर रही है? बताइए क्या आप नहीं पढ़ते मेरी लिखी हुई पुस्तक?” नव्या ने विवान से बड़ी सहजता से सवाल किया।

नव्या के इस अप्रत्याशित सवाल से सभी हतप्रभ रह गए। विवान भी ऐसी किताब पढ़ता था, ये सोचकर सबकी नजरें विवान की ओर मुड़ गईं। एक पल को विवान घबरा गया पर फिर अपने आपको सहज करते हुए कहा, “किसी ने मुझे वह किताब पकड़ा दी थी लेकिन मुझे यह पता नहीं था कि वह इतनी अश्लील होगी!”

क्यों झूठ बोल रहे हैं विवान? आप ऐसे तो नहीं हैं कि कोई आपको कुछ

पकड़ा दे और आप बिना जाने बूझे उसे रख लें। नव्या ने मन ही मन सोचा, बस कहा नहीं।

मालती देवी ने नव्या को घृणा से देखते हुए कहा, "जिस मान-सम्मान की मैं इतनी परवाह करती हूँ, तुमने आज उसकी मिट्टी पलीत कर दी। मैं समाज में क्या मुँह दिखाऊँगी? लोगों को क्या जवाब दूँगी जिन्होंने उँगलियाँ उठानी शुरू भी कर दी हैं? तुमने जरा भी नहीं सोचा ये सब कुछ लिखने से पहले।"

"इसमें इतनी समझ होती माँ, तो ये ऐसा काम कभी करती ही नहीं। मैं तो किसी तरह बस इसके साथ ज़िंदगी काट रहा हूँ...सिर्फ आप लोगों की इज्जत के खातिर। मेरे और इसके बीच कभी कोई तालमेल रहा ही नहीं है।" विवान ने आखिर वह बोल ही दिया जो उसके मन में था। मन में दबी बात को घर वालों के सामने रखने का उसे आज सही समय और मौका दिखा।

"मुझे तो पता ही था कि भाई इसे बिल्कुल पसंद नहीं करते बस किसी तरह ज़िंदगी की गाड़ी घसीटे जा रहे है।" मानवी ने विवान का समर्थन किया। अपनी माँ की ओर देखते हुए उसने कहा, "माँ आपको याद होगा कि मैं कभी भी इस शादी के समर्थन में नहीं थी। मुझे शुरू से ही लगता था कि नव्या हमारे घर के तौर-तरीकों पर कभी खड़ी उतर नहीं पाएगी। मैंने हमेशा कहा था हमारे स्टैंडर्ड की लड़की हमें घर में लानी चाहिए लेकिन आपको तो ऐसी घरेलू लड़की चाहिए थी जो बस चुप-चाप आपकी बात माने। अब देखिए शादी के इतने सालों बाद इसकी असलियत सामने आ रही है। जब इतनी बातें हो ही रही हैं तो मैं इसका एक और सच आप सबके सामने रख दूँ जो मुझे कल ही मालूम हुआ है..."

मानवी की इस बात पर सबकी आँखें एक बार फिर कठोर हो गईं। इतना शॉक क्या काम था जो अब कुछ और सामने आना बाकी रह गया था... नव्या को ऐसा प्रतीत हो रहा था जैसे आज उसे कटघड़े में धकेल दिया गया हो और चारों तरफ से जुबानी कोड़े बरसाए जा रहे हों।

"क्या बात है मानवी?" मालती देवी का चेहरा सख्त हो उठा।

"मैं कल चूड़ी लेने मार्केट गई थी। चूड़ी वाले ने बताया कि ये मैडम किसी मर्द के साथ उनकी दुकान पर आई थी जो इसे चूड़ियाँ पसंद करवा रहा था। और मुझे याद है उस दिन ये काफी देर से घर वापस आई थी। चूड़ियाँ खरीदने में क्या इतनी देर लगती है? मैंने बालकनी से देखा था कि एक आदमी अपनी गाड़ी में इसे घर छोड़ने आया था।" मानवी सब कुछ एक सांस में कहती चली गई। फिर नव्या पर तीखी नजरें डालते हुए आगे कहा, "बताओ नव्या, मैं गलत कह रही हूँ क्या?"

मानवी की बातें सुन सभी नव्या को खा जाने वाली नज़रों से देखने लगे। नव्या चुप खड़ी थी। उसे समझ नहीं आ रहा था कि वह क्या कहे। आदित्य से उस दिन मिलना उसे इतना भारी पड़ जाएगा उसने सोचा भी नहीं था। क्या वह सबको समझा पाएगी कि उसका आदित्य के साथ दोस्ती के अलावा कोई रिश्ता नहीं? नव्या ने अपने आप को बहुत ही विषम स्थिति में पाया लेकिन चुप भी तो नहीं रहा जा सकता था।

"कुछ बोलोगी तुम?" विवान ने गुस्से में बोला।

नव्या सिहर उठी। फिर हिम्मत करके उसने कहा, "वो कॉलेज के दिनों का मेरा दोस्त, आदित्य है।"

"तो कॉलेज के दिनों से ही याराना है।" मानवी ने मुँह बनाते हुए बोला।

"ओह, ये तो सरे आम हमारे परिवार की इज्जत उछालने पर तुली हुई है। कैसी लड़की ले आए हम अपने घर?" कहते हुए विवान के पिता के माथे पर शिकन की लकीरें आ आईं।

"आय एम डन विद दिस वुमन। मैं अब इसके साथ बिल्कुल नहीं रह सकता। वैसे ये फैसला मुझे बहुत पहले ही ले लेना चाहिए था।" विवान ने अपने माँ-बाप की तरफ देखते हुए कहा।

"विवान, प्लीज ऐसा मत बोलिए। मैं आपसे बहुत प्यार करती हूँ। आदित्य सिर्फ मेरा दोस्त है और कुछ नहीं।" नव्या ने विवान को समझाने की कोशिश की।

लेकिन विवान आज फैसला ले चुका था। उसे अपनी आगे की ज़िंदगी रायना के साथ गुज़ारनी थी और इसके लिए नव्या का उसकी ज़िंदगी से जाना जरूरी था। आज नव्या से अपने सारे रिश्ते खत्म करने का बिल्कुल उपयुक्त समय था।

"तुम अपना सामान पैक करो और घर से निकलो। मैं तुमसे अपने सारे रिश्ते अभी और इसी वक्त खत्म करता हूँ। मैं तुम्हें डिवोर्स पेपर भेज दूँगा।" विवान ने बिल्कुल साफ-साफ नव्या से संबंध-विच्छेद का ऐलान कर दिया।

मालती और भुवन को अपने बेटे के इस त्वरित फैसले से थोड़ी हैरानी तो हुई लेकिन उन्होंने कुछ नहीं कहा। मानवी के चेहरे पर कुटिल मुस्कान थी जबकि नव्या को लगा कि उसके ऊपर वज्रपात हो गया हो। जिस बात का उसे डर था आज वही बात हो गई।

"विवान, प्लीज मुझे अपनी ज़िंदगी से मत निकालिए।" नव्या रुआँसी हो गिरगिराई लेकिन विवान पर कोई असर नहीं हुआ। वह अपने फैसले पर बिल्कुल अटल था।

"नव्या, मैंने कहा अपना सामान पैक करो।" विवान ने गुस्से से नव्या को देखते हुए दोहराया।

"मम्मी जी प्लीज, विवान को समझाइए।" नव्या दयनीय नज़रों से अपनी सास की तरफ देखने लगी। विवान तो शायद न समझे लेकिन उसकी सास के साथ तो उसके अच्छे संबंध रहे थे। अब वही आखिरी उम्मीद थीं नव्या की।

मालती देवी ने कुछ नहीं कहा, उलटे उन्होंने नव्या से नजरें फेर लीं। उन्होंने भी फैसला ले ही लिया था। बेटे का फैसला ही अब उनका फैसला था। वैसे भी उन्हें इस बात का संज्ञान था कि उनका बेटा नव्या के साथ खुश नहीं है।

"ये ऐसे नहीं मानेगी। मैं इसका सामान लेकर आती हूँ।" कहती हुई मानवी नव्या के कमरे की ओर चली गई।

नव्या वहीं खड़ी-खड़ी आंसू बहाती रही, विनती भरी नज़रों से सबकी ओर देखती रही लेकिन सबके दिल कठोर हो चुके थे। वह इस घर में सबके लिए अवांछित, निष्कृत और घृणित हो चुकी थी। उसका वैवाहिक जीवन टूट रहा था और वह असहाय खड़ी थी।

किचन के दरवाजे के पास खड़ी सुनीता घर में चल रहे इस तमाशे को देख थी। नव्या की ये हालत देख उसका मन काफी व्यथित था। नव्या का व्यवहार सुनीता के लिए हमेशा से ही अच्छा रहा था और सुनीता नव्या की काफी इज्जत करती थी।

थोड़ी ही देर में मानवी एक ट्रॉली और नव्या का हैंडबैग लेकर आ गई। "तुम्हारे कपड़े इस ट्रॉली में है। बाकी के सामान हम भिजवा देंगे।"

"मैं कहाँ जाऊँगी?" नव्या ने भरे गले से पूछा।

"तुम्हारे जानने वाले तो बहुत होंगे। इतनी बड़ी लेखिका जो हो तुम। और ये गंदी किताबें लिखकर तुमने पैसे तो कमाए ही होंगे। तुम्हें क्या परेशानी है?" विवान ने बेरुखी से तंज कसा।

"वो तुम्हारा आशिक है न...जिसके साथ तुम चूड़ियाँ खरीदने गई थी, चली जाओ उसके पास।" मानवी ने गंदा सा मुँह बनाते हुए कहा।

नव्या वहीं खड़ी आँसू बहाती रही। विवान उसके पास आया। एक हाथ से उसने ट्रॉली बैग पकड़ा और दूसरे से नव्या का हाँथ, दोनों को दरवाजे की ओर खींचने लगा। तभी दौड़ता हुआ आरव आ गया। वह बंगले के पीछे की तरफ खेल रहा था और घर में हो रहे तमाशे से बिल्कुल अनभिज्ञ था। अपने पिता द्वारा अपनी माँ को दरवाजे की ओर खींचे जाने और साथ में ट्रॉली बैग देखकर आरव को इतना

तो समझ आ गया कि उसकी माँ कहीं जा रही है।

"मम्मा, आप कहाँ जा रही हैं?" परेशान हो आरव ने पूछा।

तभी मालती देवी ने आकर आरव को अपने पास खींच लिया। "बेटा, मम्मा कहीं जा रही हैं और आप यहीं रहेंगे, हमारे पास।" मालती देवी ने प्यार से पोते को पुचकारा।

"और पापा?" आरव ने पूछा।

"मैं यही हूँ बेटा, आपके साथ।" विवान ने प्यार से बेटे की तरफ देखते हुए कहा।

आरव थोड़ी देर चुप रहा जैसे स्थिति को समझने की कोशिश कर रहा हो। अपनी माँ के रूआँसे चेहरे को देख, वह जोर से बोला, "नहीं, मैं अपनी मम्मा के साथ जाऊँगा।"

"बेटा, हम सब हैं न आपके पास। दादी आपको अपने साथ घूमने ले जाएगी।" मालती देवी ने पुचकारते हुए उसे मनाने की कोशिश की। अपनी माँ के अलावा आरव अपनी दादी से काफी हिला-मिला हुआ था। मालती देवी की हर बात वह मानता था।

लेकिन यहाँ बात माँ की थी और आरव को समझ आ रहा था कि ये सिर्फ कुछ घंटों की बात नहीं है। "नहीं, मैं मम्मा के साथ जाऊँगा।" आरव ने ऊँचे स्वर में दोहराया।

"माँ, जाने दीजिए इसे।" विवान ने गंभीरता से कहा।

"क्या कह रहा है तू विवान? आरव हमारा खून है। हमारे खानदान का अंश है।" हम इसे कैसे जाने दे सकते हैं?" मालती ने विवान की ओर देखते हुए सख्ती से कहा।

"माँ, आप इसे अभी नहीं रोक पाएँगी और नव्या को घर से जाना ही है। जाने दीजिए आरव को। जब ये बड़ा होगा और इसे समझ आएगी कि बिंदल परिवार का क्या रसूख है, तो ये खुद हमारे पास वापस आ जाएगा।" विवान बोला।

नव्या डबडबाई आँखों से कभी अपनी सास, अपने ससुर और कभी अपने पति की ओर देखती रही लेकिन सब के सब उससे मुँह फेर चुके थे। विवान उसे घर से निकालने के लिए इस कदर आतुर था कि वह अपने बेटे को भी अपने आप से अलग करने में नहीं झिझक रहा था।

विवान नव्या का हाथ पकड़ते हुए उसे दरवाजे से बाहर खींच लाया। विवान वहीं नहीं रुका। नव्या को खींचता हुआ वह उसे बंगले के मेन गेट के पास ले आया।

"गेट खोलो।" उसने दरबान से कहा। पीछे-पीछे आरव भी आ गया।

दरबान हक्का-बक्का सा देख रहा था। उसे कुछ समझ ही नहीं आ रहा था कि छोटी मालकिन को आखिर क्यों निकाला जा रहा है।

"खोलो।" विवान ने सख्ती से दोहराया।

दरबान ने चुपचाप गेट खोल दिया।

"विवान, प्लीज़..." नव्या हाथ जोड़ते हुए फिर से पति के सामने गिड़गिड़ाई।

लेकिन विवान पर लेश मात्र भी असर नहीं पड़ा। "गेट आउट।" विवान ने झल्लाते हुए कहा। उसकी आँखों में गुस्सा और नफरत के मिले-जुले भाव थे।

मानवी ने नव्या की ट्रॉली और हैंडबैग बाहर कर दिया। आरव अपनी माँ से चिपक कर खड़ा हो गया।

"दरवाजा बंद कर लीजिए और इसे अब अंदर नहीं आने देना है।" विवान ने दरबान को आदेश दिया।

"जी साहब।" दरबान ने कहा और दरवाजा बंद कर लिया।

अपनी माँ को देखते हुए आरव ने पूछा, "मम्मा, पापा ने ऐसा क्यों किया?"

नव्या फफक-फफककर रो पड़ी और अपने बेटे को अपने आप से चिपका लिया।

तभी न जाने कहाँ से मोहल्ले की मिसेज़ अग्रवाल आ गईं और उनके पीछे कुछ और महिलाएँ भी थीं।

"अब क्या फायदा रोने से? जब गंदी किताबें लिख रही थी तब परिवार की इज्जत के बारे में नहीं सोचा था?" मिसेज़ अग्रवाल ने तंज कसा।

"शरीर में बड़ी आग लगी है, तभी तो अश्लील किताबें लिखी हैं।" किसी महिला ने ताना मारा।

महिलाएँ आपस में खुसुर-फुसुर करने लगीं। कुछ लोग जो वहाँ से गुजर रहे थे, वो भी वही रुक गए। बात आग की तरह फैल गई थी कि बिंदल परिवार की बहू कामुक उपन्यास लिखती है और अब उसे घर से निकाल दिया गया है। नव्या का वहाँ खड़ा रहना मुश्किल हो गया। उसे लगा कि अगर कुछ देर और वह वहाँ खड़ी रही तो पागल हो जाएगी। उसने आरव का हाथ पकड़ा और अपना सामान लेकर सड़क की तरफ आ गई। उसने एक ऑटो-रिक्शा बुलाया।

"रेलवे स्टेशन।" नव्या ने ऑटो वाले से कहा।

"बैठिए।"

नव्या ऑटो में बैठने ही वाली थी कि मोहल्ले का एक मनचला बिल्कुल उसके करीब आकर फुसफुसाया, "मेरे साथ चल लो। खुश रहोगी।"

नव्या ने उसकी ओर गुस्से में देखा और आरव को ले ऑटो में बैठ गई। ऑटो रेल्वे स्टेशन की तरफ चल पड़ा।

ऐसी विषम स्थिति में नव्या को अपने मायके के अलावा कोई और ठिकाना नहीं दिखा। घरवाले ये सारी बात जानकर आग-बबूला जरूर होंगे लेकिन वह उन्हें समझने की कोशिश करेगी।

नव्या रेल्वे स्टेशन आ गई। उसने अपने और आरव के लिए भोपाल का टिकट कटाया और प्लेटफॉर्म पर आ गई। एक बेंच पर बैठ नव्या अपने बेटे के साथ ट्रेन का इंतज़ार करने लगी।

"मम्मा, पापा ने आपको घर से क्यों निकाला?" आरव ने उदास-गुमसुम सी बैठी अपनी माँ से पूछा।

नव्या समझ नहीं पा रही थी कि बेटे को क्या बताए। "पापा को लगता है कि मैंने कोई गलती की है और अब वो मेरे साथ नहीं रहना चाहते हैं।"

"आपने कोई भी गलती की हो, पापा आपको सजा दे सकते थे। घर से क्यों निकाल दिया?"

नव्या चुप थी। लेकिन क्या वाकई उसे घर से निकालने की वजह उसका लेखन ही था? क्या रायना वजह नहीं थी? और क्रीन की पहचान बाहर आई कैसे?

नव्या सोच में पड़ी थी कि तभी उसका फोन रिंग होने लगा। माँ का कॉल देख नव्या ने तुरंत फोन उठा लिया।

माँ: नव्या, ये मैं क्या सुन रही हूँ?

नव्या का दिल धक् से रह गया। तो क्या माँ को पूरी बात का पता चल गया था?

माँ: मुझे मिसेज़ नंदा ने अभी फोन करके बताया कि तूने अश्लील किताबें लिखी हैं और ये खबर टीवी पर भी आ गई। तुझे विवान ने घर से निकाल दिया?

मिसेस नंदा का घर बिंदल भवन से कुछ ही दूरी पर था और वह नव्या की माँ की स्कूल की सहेली थीं। बात जंगल की आग की तरह फैल गई थी।

नव्या: माँ मैं स्टेशन पर हूँ। घर आकर आपसे बात करती हूँ।

माँ: आने की बिल्कुल भी जरूरत नहीं है। तुझे पता है तेरी छोटी बहन की शादी होने वाली है। मैं किसी तरह की कोई बेइज्जती नहीं चाहती हूँ। अगर यहाँ

आना है तो अपने पति के साथ आ।

नव्या: पर माँ मैं कहाँ जाऊँगी?

माँ: गंदी किताबें लिखने से पहले ये नहीं सोचा था? वापस अपने ससुराल जा और पति के पाँव में गिर जा। कुछ भी कर पर वापस अपने ससुराल जा। मुझे और कुछ नहीं कहना है।

कहकर माँ ने फोन काट दिया। अब नव्या को कुछ समझ नहीं आ रहा था कि वह क्या करे? माँ की बात मानते हुए अगर वह विवान के पाँव में गिर भी जाए तब भी उसे बिंदल भवन में अब नहीं रहने दिया जाएगा; यह बात तो वह भली-भाँति समझ चुकी थी। वैसे तो वह होटल में कमरा ले सकती थी। उसके डेबिट और क्रेडिट कार्ड उसके पास उसके पर्स में ही थे। इन कार्ड्स के बारे में उसके अलावा और कोई नहीं जानता था। कुछ दिन होटल में रहकर वह कहीं किराए पर फ्लैट ले सकती थी। लेकिन नव्या को होटल में कमरा लेकर रहना ठीक नहीं लगा। साहनी जी और तारा दोनों परिवार वाले थे और वह उन्हें परेशान नहीं कर सकती थी। मेघा भी अपने पति के पास बैंगलोर जा चुकी थी। फिर क्या करे? तभी उसे आदित्य का ख्याल आया। लेकिन आदित्य से मदद लेने का मतलब होगा घरवालों के आरोपों को और पुख्ता कर देना। नव्या काफी उधेड़बुन में पड़ गई। लेकिन वह आरव को लेकर ऐसे अकेले भटक नहीं सकती थी। फिर कुछ सोचकर नव्या ने आदित्य को फोन लगाया।

नव्या: आदित्य...

नव्या की आवाज भारी और उदासीन थी। आदित्य को समझते देर नहीं लगी कि नव्या परेशान है।

आदित्य: क्या हुआ नव्या? सब ठीक तो है?

नव्या ने आदित्य को पूरी बात बताई। बताते-बताते वह रो पड़ी।

आरव अपनी माँ को रोता देख परेशान हो गया। "मम्मा मत रोइए, प्लीज़।" आरव अपनी उँगलियों से अपनी माँ के आँसू पूछने लगा।

आदित्य: ऐसा कैसे कर सकते हैं वो लोग तुम्हारे साथ? नव्या, तुम वहीं रुको, मैं अभी पहुँच रहा हूँ स्टेशन।

कहकर आदित्य ने फोन रख दिया।

"मम्मा अपने किसे फोन किया?" आरव ने जानने की कोशिश की।

"बेटा, मेरे कॉलेज के दिनों के एक मित्र हैं।"

"क्या वह हमारी मदद करेंगे?"

नव्या ने बेटे के मासूम सवाल पर सिर हिलाकर हामी भर दी।

लगभग बीस मिनट बाद आदित्य स्टेशन पहुँच गया। वह सीधा प्लेटफॉर्म पर आ गया और देखा नव्या वहीं बेंच पर बैठी थी। आदित्य ने प्यार से आरव के सिर पर हाथ फेरा और नव्या के बगल में आकर बैठ गया।

"नव्या, इतनी बड़ी बात हो गई और तुमने मुझे स्टेशन पर आने के बाद बताया? तुम अपने घर चलो, मैं तुम्हारे घरवालों की गलतफहमी दूर कर देता हूँ। जब तुम्हारे और मेरे बीच ऐसा कोई गलत रिश्ता है ही नहीं है तो वो लोग तुम्हारे चरित्र पर लांछन कैसे लगा सकते हैं? रही बात कामुक उपन्यास लिखने की तो ऐसा क्या पाप कर दिया तुमने? ढेरों लोग सेक्स और कामुकता पर लिखते हैं, फिक्शन और नॉन-फिक्शन दोनों। ऐसा लिखने पर घर से निकाल देना, डिवोर्स की बात करना; मुझे तो यह बात बेहद हास्यास्पद लग रही है। बड़े लोगों की इतनी छोटी सोच? चलो, मैं उनसे बात करता हूं।"

"नहीं आदित्य, कोई फायदा नहीं है। विवान शायद ऐसे ही किसी अनुकूल समय का इंतज़ार कर रहे थे जब वह मुझसे सारे रिश्ते खत्म कर सकें। उनकी ज़िंदगी में रायना है और मेरी वहाँ कोई जगह नहीं है। मैं बेवकूफों की तरह इतने सालों तक कोशिश करती रही, इंतज़ार करती रही कि मेरा पति शायद मुझे फिर से प्यार करने लगे। लेकिन मैं गलत थी। रायना उनका पुराना प्यार है और मैं ही शायद उन दोनों के बीच आ गई थी। किसी का प्यार जबरदस्ती नहीं पाया जा सकता..." कहते हुए नव्या की आँखें में वीरानी छा गई और चेहरे के भाव बिल्कुल शून्य हो गए।

'पुराना प्यार' सुनकर आदित्य के दिल में जबरदस्त सी हलचल मच गई। नव्या भी तो उसका पुराना प्यार थी। उसका दिल किया कि कह दे – "नव्या तुम कल भी मेरा प्यार थी और आज भी मेरा प्यार हो। भगवान ने हमें आज दूसरा मौका दिया है"। लेकिन बस कह नहीं पाया आदित्य। समय और परिस्थितियाँ दोनों ही अनुकूल नहीं थे।

आरव अपनी माँ की बातें ध्यान से सुन रहा था। नव्या यह समझ रही थी लेकिन कहाँ तक वह आरव से सच्चाई छिपाती रहेगी। धीरे-धीरे समय के साथ उसे सब बातें समझ आएँगी ही।

आदित्य ने झुककर आरव की ओर देखा। "आइसक्रीम खाओगे आरव?"

आरव खुश हो उठा। उसने तुरंत सिर हिलाया।

"आओ चलो, मैं दिला दूँ।" आदित्य ने मुस्कुराते हुए कहा। नव्या की ओर उसने देखा वह उदास सी कहीं खोई हुई थी। "नव्या, मैं आरव को आइसक्रीम दिलाकर आ रहा हूँ।"

आरव का हाथ पकड़ आदित्य उसे आइसक्रीम की दुकान पर ले गया। कुछ देर बाद जब आदित्य वापस आया तो देखा नव्या अभी भी गुमसुम सी कहीं खोई हुई थी। आदित्य उसके बगल में बैठ गया। उसने आरव को आइसक्रीम, चिप्स और जूस दिला दिए थे। आरव खाने में व्यस्त हो गया।

आदित्य ने नव्या की ओर देखते हुए कहा, "नव्या तुम दोनों अब मेरे घर चलो। वहाँ तुम्हें कोई परेशानी नहीं होगी।" कहकर आदित्य नव्या के हाँ का इंतज़ार करने लगा। नव्या का मन काफी व्यथित था। आदित्य को सुनकर भी शायद वह सुन नहीं पाई।

"नव्या, मेरे घर चलो। यहाँ स्टेशन पर कब तक बैठी रहोगी?" आदित्य ने फिर कहा।

नव्या ने आदित्य की ओर देखा। "पर आदित्य तुम्हारे मम्मी-पापा को जब पता चलेगा तो क्या सोचेंगे वो? तुम्हारी सोसाइटी के लोग, तुम्हारे दोस्त, पहचान वाले? वैसे तो मैं जल्द ही किराए का फ्लैट ढूँढकर शिफ्ट हो जाऊँगी।" नव्या जानती थी कि आदित्य उसकी हर तरह से मदद करेगा लेकिन वह अपनी वजह से आदित्य को किसी मुसीबत में नहीं डालना चाहती थी।

"नव्या, हर कदम उठाने से पहले अगर हम इतना सोचेंगे तो कभी कुछ कर ही नहीं पाएँगे। रही बात मेरे मम्मी-पापा की..." आदित्य कुछ लम्हों के लिए चुप हो गया। कैसे कहे नव्या को कि उसके माँ-बाप भली-भाँति जानते थे कि वह नव्या से कितना प्यार करता है। उसे याद करते हुए आज तक उसने शादी नहीं की।

"तुम्हारे मम्मी-पापा आदित्य?" नव्या ने गौर से उसे देखते हुए पूछा।

"उन्हें कोई आपत्ति नहीं होगी। वैसे भी वो लोग मेरे साथ कहाँ रहते हैं?" कहकर आदित्य उठ खड़ा हुआ। "अब चलो नव्या; इतना मत सोचो।"

नव्या और आरव आदित्य के साथ चल पड़े। आदित्य ने नव्या का सामान कार की डिक्की में रखा। नव्या आगे की सीट पर आदित्य के बगल में बैठ गई और आरव अपने खाने-पीने का सामान लेकर पीछे बैठ गया। रास्ते में आदित्य सोचता रहा कि काश ज़िंदगी हमेशा के लिए ऐसी ही हो – कार में बगल वाली सीट पर नव्या हो और पीछे बैठा प्यारा सा आरव। आदित्य को लगा उसने शायद कुछ ज्यादा ही सोच लिया। लेकिन सोचने में क्या बुराई थी। जब नव्या ने सालों पहले

अरेंज्ड विवाह का फैसला लिया था तब भी तो उसने अपने दिल को समझा लिया था। आगे भी नव्या जो फैसला लेगी वह उसका साथ देगा। नव्या ने कहा न, 'प्यार किसी पर थोपा नहीं जा सकता'।

रास्ते में विवान ने एक रेस्टोरेंट से खाना पैक कराया और घर आ गया।

* * *

आरव खाने की प्लेट लिए टीवी के सामने सोफे पर बैठा कार्टून देख रहा था। नव्या और आदित्य डाइनिंग टेबल के पास बैठे थे।

"नव्या, कुछ तो खा लो। खाना नहीं खाने से समस्या का कोई समाधान नहीं होगा।" आदित्य ने नव्या को समझाया।

"समाधान तो अब कुछ है ही नहीं। न जाने किसने क्वीन का रहस्य खोला?" नव्या ने सोचते हुए कहा।

"तुम्हें किसी पर शक है? ऐसे किसी की प्राइवेसी को पब्लिक नहीं किया जा सकता।"

नव्या चुप रही; कुछ सोचती रही। "वैसे मैं सोचती हूँ जो हुआ सो अच्छा हुआ। चाहे जिसने भी षड्यन्त्र किया हो, मन में एक डर तो था ही कि कभी न कभी ये बात सामने आएगी ही। झूठी पहचान के तले आप ज्यादा दिन नहीं रह सकते और उस पर भी जब आपकी लोकप्रियता बढ़ने लगे। बस इस बात को मैं झटक देती थी। शायद मैं इसके अंजाम की कल्पना करने से भागती थी। कभी-कभी खुद को समझा लेती थी कि विवान इतने संकुचित बुद्धि के नहीं है। लेकिन आज असलियत एक झटके में सामने आ गयी। मेरी और मेरे साथ-साथ बाकी सबकी..."

नव्या की बातों में काफी गहराई थी और आदित्य ये बात अच्छी तरह समझ रहा था।

नव्या ने आगे कहा, "मैं बस अपने और आरव के भविष्य का सोचकर परेशान हूँ। एक बच्चे को बाप का साया नहीं मिलना और एक माँ का माँ-बाप दोनों की ज़िम्मेदारियाँ निभाना, दुनिया की नज़रों में एक सिंगल मदर होना; ये सब कुछ अपने आप में एक बहुत बड़ा चैलेंज है।" कहते हुए नव्या का उदासीन चेहरा गहरी सोच में डूब गया।

"नव्या, चाहे कुछ भी हो जीवन की गाड़ी चलती रहनी चाहिए। तुम एक सफल लेखिका हो। इतने सफल उपन्यास लिख चुकी हो, स्क्रीन राइटिंग कर चुकी हो; मुझे पूरा भरोसा है कि आने वाले समय में तुम सफलता के नये आयाम लिखोगी। एक लेखक चाहे अपनी कलम से कामुकता को दर्शाए या कोई और

विधा में अपनी कलम का जादू चलाए, वह लेखक ही रहता है। अपने आप को मजबूत बनाओ नव्या और परिस्थितियों का सामना करो। चलो अब खाना खा लो।"

नव्या को आदित्य के उन शब्दों से काफी हौसला मिला। जहाँ आज अपनों ने ही उससे मुँह मोड़ लिया था, वहीं आदित्य उसके लिए एक मजबूत संबल बनकर सामने आया था। ठीक कहा है बुजुर्गों ने कि बुरे दिनों में ही अपने और पराए की सही पहचान होती है।

 क्वीन

आदित्य के घर रहते हुए नव्या को एक हफ्ता से ऊपर हो चुका था। बालकनी में कुर्सी पर बैठी नव्या सोच रही थी कि इस बीच विवान ने अपने बेटे तक की सुध नहीं ली। एक बार भी फोन नहीं किया। आरव की ज़िद पर उसने दो बार विवान को फोन भी लगाया लेकिन विवान ने नहीं उठाया और न ही कॉल बैक किया। कितना निष्ठुर हो गया था वह। उसने अपनी पत्नी को ही नहीं बल्कि अपने बेटे को भी अपनी ज़िंदगी से निकाल फेंका था। आरव को पापा पर गुस्सा आया और उसने फिर फोन करने नहीं कहा। आरव अभी छोटा ही था लेकिन स्वाभिमान अभी से उसमें पनपने लगा था।

मानवी ने पता पूछने के लिए एक बार उसे फोन किया था। उसका और आरव का सामान भिजवाना था। नव्या ने आदित्य के फ्लैट का पता दे दिया था। फोन रखते हुए मानवी ने उसे सुना ही दिया था, "आखिर अपने यार के पास ही गई, बदचलन औरत!" पर नव्या शांत रही, वह कोई सफाई नहीं देना चाहती थी। जरूरत भी नहीं थी।

नव्या ने आरव की स्कूल बस शुरू करवा दी थी और साथ ही प्रॉपर्टी ब्रोकर को किराए का फ्लैट ढूंढने के लिए कह दिया था। वह ज्यादा दिनों तक आदित्य पर बोझ नहीं बनना चाहती थी। वैसे वह जानती थी कि आदित्य उसे बोझ बिल्कुल भी नहीं समझता था। वह आरव से काफी घुलमिल गया था। ऑफिस से वह बिल्कुल सही समय पर आ जाता और उन दोनों के बीच काफी खुश दिखता। इस एक हफ्ते में आदित्य नव्या को कई बार कह चुका था – "नव्या, कहीं जाने की मत सोचो। जब तक चाहो यहाँ रहो। तुम दोनों की वजह से मेरा घर आज वाकई घर लग रहा है।"

नव्या जानती थी कि ये उसके लिए आदित्य का प्यार कह रहा था लेकिन बेनाम रिश्तों को दुनिया से सिर्फ दुत्कार मिलती है, इज्जत नहीं। वह आदित्य के लिए किसी तरह की परेशानी का सबब नहीं बनना चाहती थी। तभी दरवाजे की घंटी बजी। नव्या ने घड़ी पर नजर डाली, शाम के साढ़े छ: बज रहे थे। आदित्य ही होगा, ऑफिस से आने का समय हो गया था।

नव्या ने दरवाजा खोला और आदित्य ने उसे देखते ही मुस्कुरा दिया। नव्या भी धीमे से मुस्कुराई।

"अंकल, क्या आप मेरे लिए कुछ लाए हैं?" आरव दौड़ता हुआ आदित्य के

पास आ गया।

आदित्य ने ऑफिस का बैग सोफे पर रखा और एक पैकेट आरव को पकड़ाते हुए प्यार से बोला, "ये तुम्हारे लिए लेज़र रिमोट कंट्रोल रेस कार।"

"सच अंकल? ये लेज़र कार है?" आरव खुशी के मारे उछल पड़ा।

"हाँ, तुमने टीवी पर देखकर कहा था न कि तुम्हें बहुत पसंद है ऐसी कार। तो मैं ले आया। अब खोलो फटा-फट।"

आरव चहकता हुआ पैकेट खोलने लगा।

"आदित्य, क्या जरूरत थी ये खरीदने की। आरव तो जो भी विज्ञापन देखता है, बस पसंद आ जाता है। इसकी फरमाइशें कभी खत्म नहीं होंगी।" नव्या ने कहा।

"नव्या, इसने मुझसे कोई फरमाइश नहीं की। इसे कुछ पसंद आया और मैं ले आया। इसमें क्या गलत है? इतने सालों से नौकरी कर रहा हूँ। कभी किसी पर खर्च करने का मौका ही नहीं मिला। आरव के चेहरे पर खुशी देखकर मुझे बहुत अच्छा लगता है। मुझे मेरा ही बचपन याद आ जाता है।"

नव्या आदित्य की इस बात पर कुछ और नहीं कह पाई। आदित्य और आरव दोनों ही एक दूसरे के साथ बहुत खुश दिखते।

"अच्छा तुम फ्रेश हो जाओ, मैं चाय लेकर आती हूँ।" कहकर नव्या किचन में चली गई।

आदित्य फ्रेश होकर लिविंग रूम में आकर बैठ गया। आरव मैनुअल पढ़कर लेज़र कार चलाने में व्यस्त था। आदित्य सोचने लगा उसकी ज़िंदगी पहले कितनी फ़ीकी सी थी। वह रोज ऑफिस से अपने शांत से फ्लैट पर वापस आता था। कुछ देर टीवी के चैनल यूँ ही बदलता रहता, फिर टहलने निकल जाता और रात में कुछ पकाने का मन हुआ तो पकाता नहीं तो बाहर ही ढाबे में खा लेता। बीच में कई बार कुक भी रखा लेकिन उसे उनका काम पसंद नहीं आया। यार-दोस्त बीच-बीच में आते तो ड्रिंक के साथ डिनर भी हो जाता। बस ऐसी ही चल रही थी ज़िंदगी। लेकिन पिछले एक हफ्ते से तो उसकी ज़िंदगी फूलों की बगिया सी महक उठी थी। अब शाम में ऑफिस से जब वह वापस आता तो उसे घर काटने को नहीं दौड़ता। नव्या का दरवाजा खोलना, हल्के से मुस्कुराना, आरव का कूदते हुए उसके पास आना और फिर नव्या का उसके साथ बैठकर चाय पीना – ये सब कुछ कितना सुकूनदायक था! काश ज़िंदगी यूँ ही खिली-खिली सी रहे, हमेशा...

तभी नव्या ट्रे में चाय और प्याज के पकोड़े ले आई। नव्या ने ट्रे सेंटर टेबल

पर रखा और वहीं दूसरे सोफे पर बैठ गई।

“अरे वाह प्याज के पकोड़े?” कहते हुए आदित्य ने एक पकोड़ा हरी चटनी में डुबोया और मुँह में डाल लिया। “जमाने बाद घर के बने हुए पकोड़े कहा रहा हूँ। तुम्हें याद है नव्या कॉलेज से घर जाते वक्त हम कई बार ढाबे पर बैठकर कटिंग चाय पीते थे और प्याज के पकोड़े खाते थे?”

नव्या ने मुस्कुराते हुए हामी भरी। “तुम्हें पसंद हैं तभी तो बनाए हैं।”

दोनों चाय पीने लगे और साथ में पकोड़ों का भी आनंद लेने लगे। नव्या का आदित्य की पसंद ध्यान में रखकर कुछ पकाना, आदित्य को बहुत अच्छा लगा। कितना सुखद अहसास था यह। जब नव्या को, दूर से ही सही, फिर से देखने की इच्छा उसे इंदौर ले आई थी तब कहाँ उसने सोचा था कि एक दिन ऐसा भी आएगा जब नव्या उसके पास उसके घर में होगी। लेकिन नव्या की शादीशुदा ज़िंदगी बिखरने की एक वजह तो वह भी था। आदित्य जब भी यह बात सोचता, उसे काफी धक्का लगता। लेकिन फिर वह अपने आप से तर्क-वितर्क करता कि उसने ऐसा क्या गलत किया? क्या नव्या से एक-दो बार मिलना और कभी-कभार फोन पर चंद मिनटों के लिए बात कर लेना कुछ गलत था? नहीं। नव्या और विवान का अलग होना शायद विधि का विधान था!

“आदित्य, आज मुझे एपीएन चैनल वालों ने संपर्क किया था। न जाने कहाँ से उन्हें मेरा नंबर मिल गया। उन लोगों ने मुझे अपने कार्यक्रम ‘एक मुलाकात’ पर साक्षात्कार के लिए आमंत्रित किया है। क्वीन की वास्तविक पहचान बाहर आने पर मेरी प्रतिक्रिया जानना चाहते है। मेरा साक्षात्कार लेने के लिए वो लोग इतने आतुर हैं कि यहीं इंदौर में किसी पाँच सितारा होटल में सारा सेट-अप कर लेंगे।”

“ये सब मीडिया वाले टीआरपी के भूखे हैं। जिस चैनल ने क्वीन का खुलासा किया था उसका प्रतिद्वंदी चैनल है ये एपीएन। एक ने क्वीन पर कार्यक्रम किया तो दूसरा कैसे पीछे रहे? किसी की ज़िंदगी में भूचाल आ जाए, इससे इन्हें कोई मतलब नहीं। नव्या, तुम्हें ही फैसला लेना है कि तुम्हें ये साक्षात्कार देना है या नहीं।”

“मेरे जीवन में जो भूचाल आना था, वो तो आ चुका।” नव्या के चेहरे पर एक खोखली हँसी थी। कुछ लम्हों के लिए वह चुप रही और फिर आगे बोली, “अब तो खुल के सामने आना है। अब कोई झिझक नहीं!” कहते-कहते नव्या कहीं खो सी गई।

***

सबने रात का खाना लिया था। नव्या बालकनी में कुर्सी पर बैठी चाँदनी रात

में टिमटिमाते तारों को निहार रही थी। जब से उसने बिंदल भवन छोड़ा था, एक शब्द नहीं लिखा था। लिखने का मन ही नहीं हुआ। इसी बीच साहनी जी को भी सब मालूम हो गया था कि उस पर क्या बीती थी। उन्होंने उसे फोन भी किया था और काफी ग्लानि महसूस कर रहे थे। लेकिन नव्या ने उन्हें ग्लानिमुक्त हो जाने को कहा क्योंकि कामुक उपन्यास लिखना उसका अपना फैसला था, किसी ने थोपा नहीं था। साहनी जी और तारा दोनों ही उसकी हर तरह से मदद करने को तैयार थे। मेघा उसे बैंगलोर से लगभग रोज ही फोन करती और उसका हौसला बढ़ती रहती। भले ही नव्या के अपनों ने उससे किनारा कर लिया था लेकिन उसका साथ देने वाले लोगों की कोई कमी नहीं थी। यह सब कुछ सोचकर नव्या के बोझिल मन को बल मिलता। फिर उसका आरव तो उसके साथ था ही; वह अकेली तो कतई न थी। वैसे अब उसे ज़िंदगी धीरे-धीरे पटरी पर वापस लानी थी।

आदित्य कमरे में रिक्लाइनर पर बैठा अंदर से ही नव्या को प्यार से एक टक देख रहा था। नव्या की साड़ी का पल्लू फर्श को चूम रहा था। उसके मुलायम, रेशमी गेसू पीठ पर बिखरे हुए थे। आदित्य का मन नव्या को अपनी बाँहों में भरने के लिए व्याकुल हो उठा। वो भी अकेला, नव्या भी अकेली। क्यों न वह नव्या से एक बार फिर अपने प्यार का इजहार कर दे? कह दे – 'मेरी ज़िंदगी में आ जाओ नव्या'। लेकिन फिर आदित्य ने अपने बेचैन दिल को शांत किया। अभी तो नव्या अपने दुखों से सही से उबर भी नहीं पाई थी। अभी समय नहीं था इज़हार का।

"आरव, आइसक्रीम खाने बाहर चलें हम?" आदित्य ने आरव को इस तरह आवाज लगाई कि नव्या भी सोच-विचार से बाहर आ जाए। "आइसक्रीम खाते हुए हम बाहर पार्क में थोड़ा वॉक भी कर लेंगे।"

आरव जो कल के लिए अपना स्कूल बैग तैयार कर रहा था, आइसक्रीम का नाम सुनते ही उछल पड़ा।

"हाँ अंकल, चलते हैं।" आरव आदित्य के पास आ गया।

"मम्मी से भी चलने कहो।"

"मम्मी, प्लीज़ आप भी चलिए।" आरव ने मचलते हुए अपनी माँ को आवाज लगाई।

"मेरा मन नहीं कर रहा। तुम लोग हो आओ," नव्या ने कहा।

"चलो न नव्या। चाँदनी रात है, प्यारी सी हवा भी चल रही है...बाहर वॉक करके अच्छा लगेगा तुम्हें।" आदित्य ने कहा।

"अच्छा ठीक है चलो।" नव्या ने मुस्कुराकर कहा और उठ खड़ी हुई।

क्वीन

आरव आदित्य के कानों में धीरे से फुसफुसाया, "मम्मी आपकी बात मानती हैं। अब तो कोई भी बात इनसे मनवानी होगी तो आपसे ही कहूँगा।"

आरव की बात सुनकर आदित्य हँस पड़ा।

आरव ने अपनी पसंदीदा चॉकलेट कॉर्नेटो आइसक्रीम ली। "तुम क्या लोगी नव्या, कुल्फी?" आदित्य ने नव्या से पूछा।

नव्या ने हौले से सिर हिला दिया।

"भईया, दो केसर कुल्फी दे दो।" आदित्य ने आइसक्रीम वाले से कहा।

"अंकल मम्मा की फेवरेट्स जानते हैं और मम्मा अंकल की। आप दोनों तो जीनियस हो!" आरव ने आश्चर्य से कहा।

आरव की बात पर नव्या और आदित्य मुस्कुरा उठे।

"बेटा, हम दोनों कॉलेज के दिनों से ही एक दूसरे की पसंद-नापसंद जानते हैं।" आदित्य ने आरव के सिर पर प्यार से हाथ फेरते हुए कहा।

तीनों टहलते हुए पार्क में आ गए। पार्क काफी बड़ा था। वहाँ कुछ लोग पहले से टहल रहे थे। खाना खाने के बाद आस-पास की सोसाइटी के लोग ताजी हवा लेने पार्क आ जाया करते थे। तभी आरव को पार्क में एक झूला दिखा और वह दौड़कर झूलने चला गया। आदित्य और नव्या वहीं आरव के पास ही टहलने लगे।

"नव्या, तुमने वापस कुछ लिखना शुरू किया या नहीं?" आदित्य ने पूछा।

"अभी तक तो नहीं। मन ही नहीं कर रहा था।"

"अब तुम्हें अपने आप को मजबूत करके आगे बढ़ना होगा। कब तक लेखन से दूर रहोगी...नहीं रह पाओगी नव्या। जहाँ तक मैं समझ पाया हूँ लिखना तुम्हारा प्यार है, तुम्हारी ज़िंदगी है। तो फिर से लिखना शुरू कर दो।"

"तुम सही कह रहे हो आदित्य। मैं अब फिर से लिखना शुरू कर दूँगी। मेरे सुख-दुख का साथी हमेशा से मेरा लेखन ही रहा है।" नव्या ने धीमे से कहा।

चलते हुए आदित्य का हाथ नव्या के हाथ से जा टकराया। आदित्य तुरंत नव्या से थोड़ा हटकर चलने लगा। लेकिन उस स्पर्श से आदित्य के मन में गुदगुदी सी हो उठी। उधर नव्या के बदन में भी एक मीठी सी सिरहन उठी। वो क्षण भर का स्पर्श आदित्य के लिए एक सुखद एहसास था और शायद नव्या के लिए भी। लेकिन नव्या ने उस एहसास और उससे जुड़े किसी ख्याल को झटक दिया। अपने दिल में आदित्य के लिए पुन: अंकुरित हो रही मीठी भावनाओं को जैसे वह

समझकर भी समझना नहीं चाहती थी।

तभी मेघा का फोन आ गया। "मैं एक कॉल ले लूँ?" नव्या ने आदित्य से पूछा।

"हाँ-हाँ, बिल्कुल। मैं बेंच पर बैठता हूँ।" आदित्य बेंच पर आकर बैठ गया।

आदित्य काफी खुश था। डिनर करने के बाद नव्या के साथ यूँ आइसक्रीम खाना, साथ में वॉक करना, बातें करना और इन सब से ज्यादा दोनों का एक दूसरे की पसंद-नापसंद का ध्यान रखना; आदित्य को ऐसा लग रहा था जैसे वह नव्या के साथ एक ज़िंदगी जी रहा था, बिल्कुल वैसी ही ज़िंदगी जैसी उसने कॉलेज के दिनों में कभी कल्पना की थी। आज तो नव्या ने उसके ऑफिस के सारे कपड़े जो कुछ दिनों से गंदे पड़े थे, वाशिंग मशीन में धोकर, इस्त्री कर सलीके से उसकी अलमारी में सजा दिए थे। उसकी अलमारी आज जमाने बाद साफ-सुथरी लग रही थी। नव्या का उसके लिए ये सब कुछ करना उसे काफी अच्छा लगा।

"ओह नव्या, बस यूँ ही हमेशा के लिए मेरे साथ रह जाओ, मेरे घर में, मेरी ज़िंदगी में..." आदित्य अपने आप में बुदबुदाया। फिर मुस्कुराते हुए पुरानी फिल्म का एक गीत गुनगुनाने लगा।

"आज रात चाँदनी है और तुम मेरे साथ हो
बस ये दुआ है मेरी ऐसी हर इक रात हो...."

✳ ✳ ✳

नव्या डिवोर्स पेपर्स हाथ में लिये चुपचाप सूनी आँखों से देख रही थी। तो आखिरकार विवान ने कानूनी रूप से उससे संबंध-विच्छेद करने के कागजात भेज दिए थे। उसने विवान के साथ अपने रिश्ते को मधुर बनाने की कितनी कोशिश की थी लेकिन सब व्यर्थ...अब वह सब कुछ सोचकर क्या फायदा? नव्या ने डिवोर्स पेपर्स पर हस्ताक्षर कर दिए और उसे लिफ़ाफ़े में बंद कर दिया। तभी टेबल पर रखा उसका फोन बज उठा। उसने देखा मानवी का कॉल था। अब क्या चाहती है ये? नव्या ने बेमन से उसका कॉल उठाया। क्या पता डिवोर्स प्रक्रिया के बारे में ही कुछ कहना चाहती हो।

मानवी: डिवोर्स पेपर्स मिल गए?

नव्या: हाँ, साइन कर दिए हैं। आज ही भेज दूँगी।

मानवी: वाह, बहुत फास्ट हो तुम। हाँ, वैसे भी अब अपने आशिक के साथ जो हो...

नव्या: यही कहने के लिए फोन किया है?

मानवी: ये बताओ डिवोर्स के लिए क्या शर्तें हैं तुम्हारी? कितने पैसे बिंदल परिवार से ऐंठने का इरादा है?

नव्या: कुछ नहीं चाहिए मुझे। मेरा आरव मेरे साथ है, बस इतना काफी है।

मानवी: तुम्हारी जैसी मिडिल-क्लास लड़की हमारे घर के लायक कभी थी ही नहीं। वैसे तुम्हारे मन में यह सवाल तो होगा कि तुम्हारी क्वीन वाली सीक्रेट कैसे बाहर आ गई। तो मैं सोच रही हूँ तुम्हें बता दूँ। नहीं बताऊँगी तो पेट में दर्द होता रहेगा। ऐसा है कि ज़िंदगी में कभी कोई सीक्रेट पालो तो उसे संभालना भी सीखो। तुम्हारे ही लैपटॉप से, जो तुमने खुला छोड़ दिया था, पता चल गया मुझे। फिर मैंने और रायना ने मीडिया को एक सनसनी दे दी। वैसे पाठकों के बीच क्रेज़ हो तुम, आय मीन क्वीन। मीडिया ने भी लपक लिया उस खबर को। खैर, ये बताओ, अब तो तुम्हारे दिन-रात सेक्सी-सेक्सी ही बीत रहे होंगे, जैसा तुम अपने उपन्यास में लिखती हो... आखिर अपने बॉयफ्रेंड के साथ हो न! फुल फ्रीडम है अब तो!

नव्या मानवी की ऊल-जलूल बातों को और ज्यादा झेलने के मूड में नहीं थी।

नव्या: हो गया तुम्हारा या कुछ और बाकी है?

नव्या के सख्त स्वर को सुन मानवी ने फोन काट दिया। नव्या ने एक गहरी सांस ली और तुरंत अपने ब्रोकर को फोन लगाया।

नव्या: कमलेश जी, आप मुझे फ्लैट कब तक दिला रहे हैं? अगर आपको टाइम लगेगा तो मैं किसी और प्रॉपर्टी डीलर से बात कर लूँगी।

ब्रोकर: मैडम आपने जो फ्लैट पसंद लिया था, वह खाली हो गया है। पेंटिंग का काम चल रहा है और थोड़ा बहुत ठीक-ठाक करना है। बस नौ-दस दिनों का समय और दे दीजिए, बिल्कुल चकाचक फ्लैट देंगे आपको।

नव्या: ठीक है, जितना जल्दी हो सके काम खत्म करवाइए।

ब्रोकर: जी मैडम।

नव्या ने फोन रख दिया। मानवी ने तो मुँह पर कह दिया था। कितने लोग होंगे जो उसके और आदित्य के बारे में पीठ पीछे न जाने क्या-क्या बातें बनाते होंगे। दूसरे फ्लैट में जल्द शिफ्ट होना बहुत जरूरी था।

"नव्या, आज तो तुम्हारा साक्षात्कार आने वाला था न टीवी पर। 'एक मुलाकात' कार्यक्रम।" आदित्य ने नव्या को याद दिलाया।

"अरे हाँ।" नव्या ने घड़ी पर नजर डाली तो दस मिनट निकल चुके थे।

"जो हमने मिस किया है, वो हम यू ट्यूब पर देख लेंगे।" आदित्य ने चैनल लगा दिया।

होटल के एक अच्छे से सेट-अप में नव्या का साक्षात्कार चल रहा था। एक महिला होस्ट और नव्या आमने सामने बैठे थे। नव्या हल्के पीले रंग की शिफॉन की साड़ी में थी और दोनों के बीच गुफ्तगू जारी थी।

होस्ट: नव्या, हमने आपके लेखन यात्रा की तो बात कर ली। अब एक गहन सवाल, आप ही क्रीन हैं, इस बात का सामने आना आपकी निजी ज़िंदगी को किस तरह प्रभावित करता है? सुनने में आया है कि आपके बोल्ड लेखन की वजह से आपको घर-परिवार से अलग कर दिया गया। टूट गई होंगी आप अंदर से?

नव्या ने चैनल वालों से कोई भी निजी सवाल पूछने से मना किया था लेकिन फिर भी इन्होंने पूछ ही लिया।

नव्या: देखिए, जीवन में धूप-छाँव का सिलसिला तो लगा ही रहता है। मैं हर अनुभव अपनी झोली में समेटकर आगे बढ़ती जा रही हूँ। बस इतना ही कहूँगी कि 'टूट कर बिखर जाना' मेरे लिए नहीं है।

होस्ट: अब आप खुलकर कहती है कि आप ही क्रीन हैं। तो अब आगे भी क्रीन के छद्म नाम से लिखेंगी या अपनी वास्तविक पहचान के साथ?

नव्या: नव्या गोयल ही क्रीन है जिसने माया, मोहिनी, मल्लिका, मयूरी और मुस्कान जैसी खूबसूरत और बिंदास नायिकाओं का सृजन किया है। चूंकि क्रीन ने मुझे लोकप्रियता दी है, पाठकों का बेशुमार प्यार दिया है, ये नाम तो मुझसे जुड़ा ही रहेगा लेकिन हाँ, मेरे पाठक मेरी आने वाली पुस्तकों में लेखिका परिचय में अब मेरी तस्वीर और मेरा वास्तविक नाम देखेंगे।

नव्या ने आज जमाने बाद अपने नाम के साथ वह उपनाम लगाया जिसमें विवान की कोई छाप नहीं थी- नव्या गोयल!

होस्ट: फिल्मों के लिए आप कुछ नया लिख रही हैं?

नव्या: जी, बिल्कुल। कई नए प्रोजेक्ट्स आए हैं। आने वाले समय में आप

लेखन कार्य में मुझे और ज्यादा सक्रिय देखेंगे।

होस्ट: कामुक उपन्यास लिखने का फैसला गलत था या सही?

नव्या: कामुक लेखन एक कला है और अन्य विधाओं की तरह यह भी एक विधा है। या फिर मैं यूँ कहूँ कि कामुकता रोमांस का ही एक हिस्सा है। इसे मेनस्ट्रीम लेखन से अलग करके न देखें। मुझे नहीं लगता मैंने कुछ गलत किया है। मैं आगे भी तन्मयता से लेखन कार्य में लगी रहूँगी और आपको मेरी लेखनी में विविधताएँ भी देखने को मिलेंगी।

होस्ट: बस आखिरी सवाल, हमारे दर्शकों और अपने पाठकों से क्या कहना चाहेंगी?

नव्या: क़ीन हो या नव्या गोयल, कलम चलती रहेगी!

होस्ट: नव्या जी यानि क़ीन, धन्यवाद आप हमारे शो पर आईं और हमसे इतनी बिंदास बातें कीं।

नव्या: जी धन्यवाद।

"वाह, क्या बात है! बहुत ही आत्मविश्वास भरा साक्षात्कार। मेरा यकीन मानो नव्या, तुम्हारी फैन फॉलोइंग और बढ़ जाएगी।" कार्यक्रम खत्म होते ही आदित्य ने कहा।

"जब बातें स्क्रिप्टेड नहीं होती हैं और दिल से निकलती हैं तो आत्मविश्वास झलक ही जाता है।" नव्या ने सहजता से कहा।

"मुझे तुम पर गर्व है नव्या।" आदित्य ने उसे प्यार से देखते हुए कहा।

नव्या ने हौले से मुस्कुरा दिया। आदित्य का यूँ उसे प्यार से देखना, उसका हौसला बढ़ाना, मजबूती से उसके साथ खड़े रहना, नव्या को कई बार विचलित कर देता। वह अब इस बात को समझ रही थी और मन ही मन स्वीकार भी रही थी कि उसके मन में भी आदित्य के लिए भावनाएँ पल्लवित हो रहीं थीं। वैसी ही जैसी कॉलेज के दिनों में हुआ करती थीं...लेकिन तब की बात और थी। आज वह एक सिंगल मदर है; ऐसी स्त्री है जिसका पति से संबंध-विच्छेद हो चुका है। तभी दिल के एक कोने से आवाज आई – "आदित्य तुम्हें अब भी प्यार करता है, चाहे तुम जिस हाल में हो।"

"लेकिन उसने खुलकर इज़हार भी तो नहीं किया। उसके लिए अच्छी लड़कियों की क्या कमी है? स्मार्ट दिखता है, इनकमटैक्स ऑफिसर है, अच्छे घर का है। ये उसका बड़प्पन है कि उसने मुझे सहारा दिया। इससे ज्यादा सोचना बेवकूफी है।" नव्या ने तर्क-वितर्क कर अपने दिल को समझा लिया।

***

शाम का समय था। सोसाइटी के कुछ बच्चों से आरव की दोस्ती हो गई थी और वह उनके साथ खेलने चला गया था। बहुत सोच विचार करने के बाद, आज नव्या ने एक फैसला ले लिया था। कुछ दिनों पहले तक तो वह दूसरे फ्लैट में शिफ्ट होना चाहती थी लेकिन अब उसने यह शहर ही छोड़ देने का फैसला ले लिया था। कुछ फिल्मों की कहानी और स्क्रीन राइटिंग के प्रस्ताव जो उसने स्वीकारे थे, उनके निर्माताओं ने उसे मुंबई शिफ्ट होने का सुझाव दिया था। नव्या का मन वैसे भी इस शहर से उचाट हो चुका था। इसके अलावा वह जल्द से जल्द आदित्य की ज़िंदगी से निकल जाना चाहती थी। अभी दो दिन पहले ही तो आदित्य की अपनी माँ से फोन पर बात हो रही थी। दोनों की बातचीत सुनकर उसे साफ पता चल रहा था कि उसकी माँ उसकी शादी के रिश्ते के बारे में बात कर रही थी जिसे आदित्य ने टाल दिया। आदित्य का उसकी ओर अत्यधिक झुकाव जो दिन-ब-दिन बढ़ता ही जा रहा था, शायद उसे प्रणय-सूत्र में बांधने ही न दे । सब कुछ सोचते हुए नव्या को यह शहर छोड़ देना ही सही लगा ।

तभी दरवाजे की घंटी बजी। नव्या ने दरवाजा खोला। आदित्य ऑफिस से वापस आ गया था। दोनों ने एक दूसरे को देख हौले से मुस्कुरा दिया।

"आरव कहाँ है?" आदित्य ने इधर-उधर देखते हुए पूछा। जब भी वह ऑफिस से आता तो आरव सीधा उसके पास आ जाता लेकिन आज घर में हलचल नहीं थी।

"सोसाइटी के बच्चों के साथ खेलने गया है।" नव्या ने बताया।

"ये बहुत अच्छी बात है।"

"मैं चाय लेकर आती हूँ।" कहकर नव्या किचन में चली गई। थोड़ी देर में वह चाय और कुछ रोस्टेड काजू लेकर आ गई। चाय की एक प्याली लेकर वह वहीं बैठ गई।

"नव्या, जब तुम दूसरे फ्लैट में शिफ्ट हो जाओगी तो मेरा घर फिर से वैसा ही वीरान सा हो जाएगा। ऑफिस से आने के बाद तुम्हारा और आरव का मुस्कुराता चेहरा देख सारे दिन की थकान मिट जाती है। मैं अब तुम दोनों का आदि हो चुका हूँ। क्या जाना जरूरी है यहाँ से?" आदित्य ने थोड़ा मायूसी से कहा। उसका जी तो चाह रहा था कि अभी इसी वक्त दिल का हाल बयान कर दे और शादी का प्रस्ताव रख दे। लेकिन अभी कुछ दिनों पहले ही तो नव्या ने डिवोर्स पेपर्स पर हस्ताक्षर किए थे। उसे अपने दुखों से बाहर आने का थोड़ा समय तो मिले।

नव्या ने देखा आदित्य प्यार से उसे एक टक देख रहा था। अपने लिए आदित्य की आँखों में इतनी मोहब्बत देख नव्या का मन एक बार फिर बेचैन हो उठा। दिल

ने एक आवाज लगाई जो बस जुबां तक नहीं आ पाई – ‘क्यों नहीं खुलकर कह देते आदित्य कि तुम मुझसे बेहद प्यार करते हो। एक बार कहो तो सही कि तुम मुझे अपनी ज़िंदगी में लाना चाहते हो...हमेशा के लिए।’

“क्या सोच रही हो नव्या?” आदित्य ने सोच में डूबी नव्या से कहा।

तभी नव्या का एक फोन आ गया। ट्रैवल एजेंट का कॉल था जो नव्या के लिए फ्लाइट और मुंबई में होटल बुकिंग का काम कर रहा था। एक निर्माता जिनके लिए नव्या पहले काम कर चुकी थी; उन्होंने ही इस एजेंट को नव्या की मदद करने को कहा था। नव्या ने फोन उठाया।

“मैडम, फ्लाइट और होटल दोनों की बुकिंग हो गई है। मैंने यहाँ एक ब्रोकर को कह दिया है जो आपको जल्दी ही किराए पर फ्लैट दिला देगा।”

“फ्लाइट कब की है?”

“इसी शुक्रवार, शाम की फ्लाइट है।”

“जी धन्यवाद।” नव्या ने फोन रख दिया।

आदित्य को कुछ समझ नहीं आया कि नव्या कहाँ की फ्लाइट की बात कर रही थी? “नव्या, तुम कहीं जा रही हो क्या?” आदित्य थोड़ा परेशान हो उठा।

“आदित्य...मैं तुम्हें बताने ही वाली थी। मैं आरव के साथ मुंबई शिफ्ट हो रही हूँ।”

“तुम तो दूसरे फ्लैट में शिफ्ट हो रही थी; फिर ये अचानक से मुंबई...”

“आदित्य, ये फैसला मैंने काफी सोचने के बाद कल ही लिया है। तुम्हें मैंने बताया था कि फिल्मों के लिए लिखने के कुछ प्रस्ताव मैंने स्वीकारे हैं। अब चूंकि इस शहर में कुछ रखा नहीं है, तो मेरे लिए बेहतर होगा कि मैं मुंबई ही चली जाऊँ। वहाँ रहकर ज्यादा अच्छी तरह काम कर पाऊँगी। वैसे भी इस शहर से मेरा मन उचाट हो गया है।”

नव्या का यह फैसला सुन आदित्य का मन बिल्कुल उदासीन हो गया। इस खबर की तो उसने कल्पना ही नहीं की थी। कहाँ वह कुछ दिनों पहले नव्या के साथ अपनी आगे की ज़िंदगी की कल्पना करके खुश हो रहा था और कहाँ अब नव्या शहर छोड़कर जा रही थी। लेकिन अब वह उसे कैसे रोक सकता था? उसकी सफलता के रास्ते कैसे आ सकता था?

“अब तुमने फैसला ले ही लिया है, तो मैं क्या कह सकता हूँ?” आदित्य ने बुझे मन से कहा।

“दो दिनों बाद मेरी फ्लाइट है आदित्य।” नव्या ने बताया लेकिन आदित्य ने

कुछ नहीं कहा। उसकी सूनी आँखें दिशाहीन सी कहीं और देख रही थीं। वह नहीं चाहता था कि उसके टूटे दिल का हाल नव्या उसकी आँखों में पढ़ ले। लेकिन नव्या से कुछ छिपा न रहा। "कह दो आदित्य कि तुम मुझे जाने नहीं दोगे..." नव्या के दिल ने फिर से एक आवाज लगाई पर इस बार भी बात जुबां तक न आ पाई।

"मुझे छोड़ने एयरपोर्ट तक साथ चलोगे?" पूछते हुए अब नव्या का मन भी दुखी हो गया। दिल एक बार फिर कशमकश से जूझने लगा।

"नहीं जाऊँगा।" आदित्य ने कहा और कमरे से बाहर निकल गया।

आदित्य का ऐसा मूड देख नव्या को कॉलेज का वह दिन याद आ गया जब उसने आदित्य को अपनी शादी तय होने की बात बताई थी। उस दिन भी दोनों का मन भारी था। दोनों चाहकर भी कुछ नहीं कर पाए और दोनों के रास्ते अलग हो गए। आज फिर ऐसा लग रहा था दोनों उसी मुकाम पर खड़े थे। मिले और मिलकर फिर से दो अलग रास्तों पर बढ़ने को तैयार थे...

आदित्य और नव्या दोनों ही चुपचाप डिनर कर रहे थे। आरव भी गुमशुम सा धीरे-धीरे खाना खा रहा था। नव्या ने आरव को बता दिया था कि वो दोनों इंदौर छोड़कर मुंबई जाने वाले है। आरव को यह बात बिल्कुल नहीं भाई। विवान ने आरव की ज़िंदगी में जो स्थान रिक्त किया था उसकी भरपाई बहुत ही कम समय में आदित्य ने अपने भरपूर स्नेह से कर दी थी। आरव का बाल-मन आदित्य में पिता की छवि देखता था। आदित्य को भी आरव से प्रगाढ़ लगाव हो गया था; तभी तो वह उसे खुश करने के लिए क्या-क्या नहीं करता। नव्या ये सारी बातें समझ रही थी।

"अंकल, आपको मालूम है मम्मी मुझे लेकर मुंबई जा रही हैं।" आरव ने आदित्य की ओर देखते हुए कहा।

"मालूम है बेटे, आपकी मम्मी का फैसला है। मैं क्या कह सकता हूँ?"

"मुझे नहीं जाना। मुझे आपके साथ रहना है। आप कुछ बोलिए मम्मी को।" कहते हुए आरव बिल्कुल रूआँसा हो गया।

आदित्य ने एक क्षण के लिए नव्या को देखा और फिर नजरें आरव की ओर करते हुए कहा, "बेटा मैं भी यही चाहता हूँ। लेकिन आपकी मम्मी को शायद मैं पसंद नहीं; इसलिए आपको लेकर यहाँ से जा रही हैं।"

आदित्य की ये बात सुनकर नव्या की निगाहें आदित्य के चेहरे पर थम गईं। आदित्य के चेहरे पर उसके दिल का दर्द छलक आया था। दोनों की नजरें टकराईं

और फिर से एक खामोशी छा गई। न नव्या ने आगे कुछ कहा और न ही आदित्य ने।

खाना खाकर नव्या और आरव अपने कमरे में आ गए और आदित्य भी अपने कमरे में चला गया। कुछ देर में आरव सो गया लेकिन नव्या की आँखों में नींद नहीं थी। नव्या बिस्तर से उठी और कमरे से बाहर आई। उसने देखा आदित्य के बेडरूम का दरवाजा आधा खुला था। कमरे की बत्ती बुझी हुई थी लेकिन सिगरेट की बू आ रही थी। आदित्य कब से स्मोकिंग करने लगा?

"आदित्य।" कहती हुई नव्या कमरे में आ गई। उसने देखा कमरे से लगी हुई बालकनी का दरवाजा खुला था। बालकनी की बत्ती भी बुझी हुई थी। वहीं अंधेरे में कुर्सी पर आदित्य बैठा था। नव्या बालकनी में आ गई। उसने देखा टूल पर एक ऐश-ट्रे रखा था जिसमें सिगरेट के छोटे-छोटे कई टुकड़े पड़े हुए थे।

"आदित्य, यहाँ अंधेरे में क्यों बैठे हो और तुम स्मोकिंग कब से करने लगे?" नव्या ने आश्चर्य से पूछा।

आदित्य चुप रहा।

"आदित्य?" नव्या ने फिर से कहा।

"जाओ, सो जाओ नव्या। कल तुम्हें पैकिंग करनी है और परसों मुंबई जाना। मेरी चिंता मत करो तुम।" आदित्य ने बिना उसकी ओर देखे ही कहा।

"आदित्य, ऐसा क्यों कह रहे हो? स्मोकिंग कब शुरू कर दी?"

"सालों पहले जब तुम मुझे छोड़कर चली गई थी और तुमने शादी कर ली थी तब मुझे सिगरेट की लत लग गई थी। तुम्हें भूलने की कोशिश में मैं न जाने कितने सिगरेट फूंक देता था। नौकरी लगी तो ट्रेनिंग पर बड़ी मुश्किल से ये लत छूटी। लेकिन तुम्हें मैं भूल नहीं पाया। तुम्हें दोबारा देखने की ख्वाहिश मुझे इंदौर ले आई। मैं इसलिए नहीं आया था कि मुझे तुम्हें हासिल करना था; बस एक आस थी कि कहीं तुम्हारी एक झलक मिल जाए। हम मिले भी और फिर मुझे मालूम हुआ कि तुम अपनी ज़िंदगी में खुश नहीं हो। मेरा दिल तुम्हारे लिए बेचैन हो उठा नव्या लेकिन मैं तब भी सिर्फ तुम्हारी खुशी ही चाहता था। तुम्हारा अपने पति के लिए समर्पण देख मैं भी भगवान से यही प्रार्थना करता था कि तुम्हारी ज़िंदगी सँवर जाए। लेकिन जब तुम और विवान अलग हुए, तो मन में एक आस जगी कि शायद मुझे मेरा प्यार मिल जाए...मेरी नव्या मुझे मिल जाए। क्या करूँ इंसान ही हूँ...मेरे हृदय में तुम्हारे लिए अथाह प्रेम है जो कभी खत्म नहीं हो सकता। लेकिन मेरी किस्मत में शायद तुम हो ही नहीं।" इतना कहकर आदित्य ने पैकेट से एक सिगरेट निकाली और जला ली।

आदित्य की बातें सुन नव्या की आँखें भर आईं। तारों की रोशनी में नव्या को आदित्य का वीरान सा चेहरा और डबडबाई आँखें साफ दिख रही थीं।

एक कश खींचते हुए आदित्य ने कहा, "अब जो सिगरेट की आदत लगेगी, वह ताउम्र रहेगी। तुम जाओ नव्या। मेरी शुभकामनाएँ हमेशा तुम्हारे साथ हैं। मैं कल भी तुम्हारी खुशी चाहता था और आगे भी तुम्हारी खुशी चाहूँगा।"

"आदित्य..." नव्या ने आदित्य के कंधे पर हाथ रखते हुए रुँधे गले से कहा। आदित्य ने उसकी ओर देखा और नव्या ने उसके हाथ से सिगरेट ले ऐश-ट्रे में रगड़कर बुझा दिया। "आदित्य..." नव्या ने दोबारा कहा और रो पड़ी।

उसे इस तरह रोता देख वह तुरंत उठ खड़ा हुआ। उसे सब कुछ बर्दाश्त था पर नव्या का रोना नहीं। "नव्या।" आदित्य नव्या के बिल्कुल करीब आ गया। उसका मन किया कि अपने होठों से उसके आँसुओं को पोंछ दे और उसे अपनी बाँहों में भींच उसे बेइंतहा प्यार करे।

फिर नव्या ने जैसे उसके दिल की बात कह दी। "मैं कहीं नहीं जा रही आदित्य। मैं तुम्हारे पास रहना चाहती हूँ। तुम्हारे संग ज़िंदगी बिताना चाहती हूँ... मुझे अपनी बाँहों में भर लो आदित्य।"

आदित्य ने कसकर नव्या को अपने आलिंगन पाश में कैद कर लिया। आदित्य की बाँहों की गर्माहट में नव्या अपने सारे गम भूल गई। उसका मुरझाया सा तन-मन आदित्य का स्पर्श पाकर खिल उठा।

"नव्या, मैं तुमसे बेपनाह प्यार करता हूँ। इस बार तुम मुझसे अलग हुई तो जी नहीं पाऊँगा।"

"मैं तुम्हारे साथ हूँ; हमेशा के लिए।" नव्या ने हौले से कहा।

आदित्य ने अपने होंठ नव्या के नर्म होंठों पर रख दिए। दोनों की सांसें एक-दूसरे से उलझ रही थीं। दो दिल अब एक हो रहे थे, कभी न बिछड़ने के लिए...